2019. Todos os direitos desta edição reservados à
EDITORA RUA DO SABÃO

Rua da Fonte, 275 62 B
09040-270 — Santo André — SP

www.editoraruadosabao.com.br
facebook.com/editoraruadosabao
instagram.com/editoraruadosabao
twitter.com/edit_ruadosabao

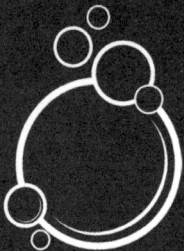

Grafia atualizada segundo o Acordo Ortográfico da Língua Portuguesa de 1990, que entrou em vigor no Brasil em 2009.

Projeto gráfico: BIANCA OLIVEIRA
Direção de Arte: VINICIUS OLIVEIRA
Ilustração: BRENO FERREIRA
Revisão técnica: KARINA AGUIAR
Revisão: JOSUÉ SILVA
Preparação: ANA HELENA OLIVEIRA
Edição: FELIPE DAMORIM E ANA HELENA OLIVEIRA

Conselho editorial:
FELIPE DAMORIM
LEONARDO GARZARO
LIGIA GARZARO
VINICIUS OLIVEIRA
ANA HELENA OLIVEIRA

DADOS INTERNACIONAIS DE CATALOGAÇÃO NA PUBLICAÇÃO (CIP)

(eDOC BRASIL, Belo Horizonte/MG)
Garzaro, Leonardo. O sorriso do leão / Leonardo Garzaro.
Santo André, SP: Rua do Sabão, 2019. p.313; 14x21cm

ISBN 978-65-81462-00-0

1. Ficção brasileira.
2. Literatura infantojuvenil. I. Título.
CDD 028.5

Elaborado por Maurício Amormino Júnior – CRB6/2422

O SORRISO DO LEÃO

LEONARDO GARZARO

Para meus filhos, com o desejo de que sigam no melhor caminho entre a coragem e a prudência.

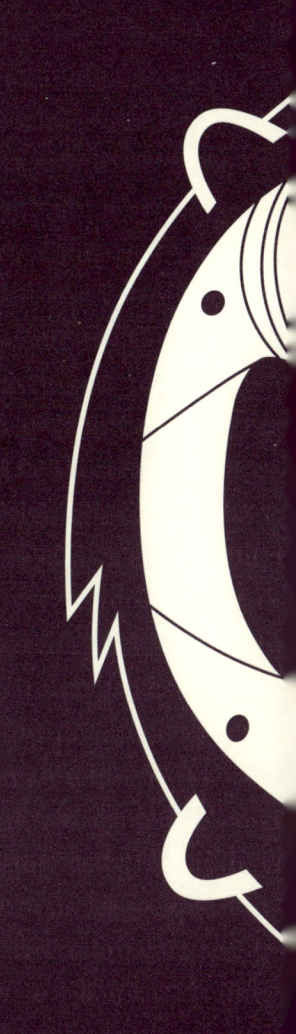

Capítulo

I

Sem dúvida alguma, fora aquele o pior dentre todos os dias da vida de Frederico Alberto Valente. Quando se tem doze anos, costuma-se ouvir que a vida adulta trará problemas tão maiores e complexos que toda preocupação anterior será vista como bobagem. Fora assim com os avós, que se casaram após ela o nocautear com uma bolsa cheia de pedras, e também era o caso do tio Adoniram, que quando criança sofrera de insônia ante as possibilidades matemáticas da sequência de números primos. O tempo a tudo resolveria e não havia com que se preocupar, contudo, como podiam assim afirmar se passadas sete décadas a avó Leão ainda ameaçava com a bolsa de pedras o velho Valente e era agora o suposto infinito de primos gêmeos quem roubava o sono do tio Adoniram? Frederico Alberto Valente sabia que fora aquele, sem dúvida, o pior dentre todos os dias de sua vida, pois, aos doze anos, constatara algo terrível, mas que sempre soubera sobre si mesmo. E, dadas as condições, seria algo que o acompanharia pelas décadas e décadas seguintes! O pior dentre todos os dias que viveria por vir carregado da certeza de que era apenas o primeiro de muitos e muitos em sofrimento crescente!

    Não era fácil ser um Valente. Todos o conheciam em toda parte como o filho do soldado Alberto Valente, neto do velho Valente, sobrinho do estranho Adoniram Valente. Davam-lhe doces na padaria ou um refrigerante gratuito na lanchonete com a recomendação de que desse um abraço no pessoal todo. Quando Frederico e a irmã Valentina ingressaram na escola, todos quiseram conhecer os gêmeos Valente, não faltando uma professora de meia idade que não se lembrasse do Adoniram menino, a camisa do avesso e todo vergonha, ou de como todas as meninas haviam disputado, na formatura do primário, para dançarem com o pai, aos dez anos já um sucesso de bigode ralo e costeletas penteadas. Todos o conheciam em toda parte e era esse justamente o problema de ser um Valente: observado, perseguido, atormentado por esperarem que a todo tempo se comportasse de acordo com tudo que a família já fizera! Era envergonhado como o tio, jamais audaz como o pai, nunca esperto como o avô, frequentemente mal humorado como a avó Leão, mas jamais simplesmente como ele mesmo!

    Não era fácil sequer almoçar sendo um Valente... As refeições da família Valente, do rápido café da manhã ao almoço de domingo, eram sempre acompanhadas de uma história cujo personagem principal era a própria família. Na verdade, Frederico Valente era incapaz de rememorar uma única refeição em que não escutara a narrativa na qual um Valente demonstrara a mais pura e perfeita coragem. Lembrava-se até hoje do dia em que viu na televisão a cena de uma família comendo e escutando música e o quão estranho aquilo pareceu. Até aquele dia, estava certo de que uma refeição normal envolvia uma história de coragem contada aos gritos por um parente enquanto os demais aguardavam agoniados para recontar tudo em novos detalhes, não sendo raro escaparem restos de comida da boca do narrador. Uma refeição simples e absolutamente normal envolvia o velho Valente elevando a voz, mexendo os braços repletos de pelos brancos que caíam sobre o prato, contando, empolgado, uma história que todos ali já haviam escutado enquanto a Leão o cutucava, intrometia-se, tentava falar e gesticular ainda mais alto para corrigir algum detalhe insignificante, enquanto o pai mastigava quieto penteando o bigode com três dedos e o tio Adoniram contava cada alimento disposto no prato e anotava numa caderneta, retirando grãos de arroz e feijão até que cada porção compusesse um número primo de alimentos. Na época em que a mãe ali morava, preferia comer sozinha na cozinha...

Na manhã daquele terrível dia, o pior dentre todos os dias vividos e por viver, quando descobrira a questão que o acompanharia até o último dos dias e talvez mais um, escutara no café da manhã a avó narrar o episódio em que Drake Valente disparara os canhões contra os espanhóis, e isso porque mal havia digerido o longo jantar no qual se falara sobre o bebê Tata Valente apanhando uma cobra com as mãos, duas histórias que já escutara uma centena de vezes ao longo dos últimos doze anos. Certa vez mencionara a repetição ao tio Adoniram, que rapidamente apresentara o cálculo, confirmando que em doze anos, logo treze mil cento e quarenta e nove refeições, já considerados anos bissextos, seria preciso repetir no mínimo treze vírgula catorze vezes cada história, a vírgula indicando algumas interrupções e histórias aos pedaços, mas não era esse o ponto: mesmo que fossem inéditas, estava cansado da própria forma narrativa, da voz elevada, cansado de ser conhecido por todos e de precisar ser desta ou daquela maneira, cansado de ser um Valente! A vida seria tão mais simples se fosse um Silva, Santos ou Silva dos Santos...

Algumas histórias os Valente contavam uma ou duas vezes por mês. Eram histórias reservadas para as raras visitas, geralmente algum campeão de sinuca ou contrabandista convertido em empresário que o velho Valente convidava unicamente para irritar a Leão, mencionando, indiferente ao rosto zangado da avó, os quarenta anos de amizade descobertos naquela tarde. Nessas ocasiões, a narrativa era grandiosa e apresentada de modo teatral, uma história envolvendo grandes personagens, como da vez em que Henri-Marie Valente, herói da campanha napoleônica russa, ante a cidade ardendo em chamas, primeiro fez a barba e depois deixou o dormitório, sendo honrado com um elogio do general em pessoa. Histórias como essa impressionavam as visitas, que mantinham os olhos muito abertos e a expressão séria, mas, para os Valente em si, não eram grande coisa: era consenso na família que era fácil mostrar-se bravo em grandes acontecimentos históricos, especialmente compondo o exército do grande general. Eram histórias para visitas e, tal qual os guardanapos de pano, serviam também para compensar a permanente decepção com os pratos da Leão que, queimados ou crus, estavam sempre acima de qualquer questionamento. A cidade toda ouvira falar da vez em que um primo distante e fanfarrão, um desses Valente que, passando pela região, decidira conhecer a famosa casa, na primeira garfada ousara reclamar da comida, crendo-se educado por cuspir no guardanapo enquanto o silêncio se instalava na mesa, na casa, no quarteirão e talvez em toda a província. Antes que pudesse pensar no porquê daquela quietude, a Leão quebrou-lhe o prato na cabeça, derrubou-o da cadeira para então lavar-lhe com molho, e isso porque estava de excelente humor! Melhor mesmo só estava a mãe, que insistiu em acompanhar a visita até a porta e bradar um animado "volte sempre".

Outras histórias os Valente contavam toda semana, contos simples que acompanhavam um jantar sem tempero numa segunda-feira qualquer ou o arroz queimado do almoço de quarta. Falava-se, então, da vez em que o soldado Alberto Valente, pai dos gêmeos, prendera o próprio capitão ao descobri-lo envolvido numa organização criminosa ou sobre o dia em que Tata Valente, o mais valente dentre os Valente, parara um trem postando-se de pé sobre os trilhos, peito estufado, braços abertos para que uma senhora de idade pudesse cruzar o caminho com seu andador. Os Valente gostavam dessas histórias, mas também não as davam especial valor: para um Valente adulto, formado e carregando o sobrenome, não eram nada além de uma obrigação. Eram histórias que aconteciam uma ou outra vez em famílias como os Silva, os Santos, ou os Silva dos Santos, e nestas seriam repetidas e recontadas como honras máximas, mas, para os Valente, eram histórias comuns, tesouros pouco impressionantes de uma coleção infinita.

Havia uma categoria de histórias, contudo, que qualquer Valente vivente, disposto em qualquer parte do globo, sob o tempero de qualquer idioma, comendo arroz cru ou bem cozido, alisando o bigode farto ou preocupado com o buço sem pelos, contando grãos em busca do número ideal ou aprendendo a contar, escutava mais vezes do que gostaria. Eram as mais valiosas dentre as tão valiosas e impressionantes histórias de coragem da família, contos da infância dos melhores dentre os melhores Valente, dos mais valentes dentre os Valente, que, quando ainda crianças, desconhecendo a força do sobrenome que carregavam, demonstraram desconcertante bravura. Eram essas as histórias preferidas pois, na ignorância e incompreensão, estava a força original, a pura e valorosa fibra a se manifestar. Se qualquer um duvidasse, e ninguém jamais ousara duvidar da temperatura distinta, da textura única do sangue vermelho vivo que corria acelerado nas veias de cada digno portador do sobrenome Valente, as melhores histórias estavam à disposição!

Quando a Leão, avental sujo da receita de ovo com canela em pau que acabara de ressuscitar do livro de receitas em latim da tia Vatela Valente, mencionava os bárbaros tempos antes da teta da loba em que os Valente corriam e caçavam, Frederico Valente suspirava, pois sabia que, a partir dali, o tempo desaceleraria, todas as atividades suspensas até que se terminasse de narrar qualquer bobagem relativa à enorme valentia que possibilitou que aquela receita chegasse até os nossos dias. Ninguém se atrevia a perguntar a Leão se ela falava latim, a mãe, certa vez, dissera que provavelmente nem se tratava de um livro de receitas e que a Leão inventava desde os ingredientes até o tempo de cozimento, mas os contos dos Valente importavam tanto que o velho Valente ansiava interromper e, após ser beliscado — a avó beliscava sem interromper a narrativa! — aguardava que a Leão terminasse para então apresentar os pontos de discordância, recontando tudo, alterando detalhes mínimos. Até antigos poemas sobre a família eram recitados, e alguns já começavam falando da Leão! Às vezes, com a mesa repleta a saborear a famosa lasanha com jiló e leite, cuja receita a tia Vatela Valente, passando por incontáveis perigos, roubara dos mouros e a Leão orgulhosamente recuperara para a família, as bordas um pouquinho queimadas, o miolo um tantinho cru, uma mesma história era contada dezessete vezes e, após a grande guerra, quando Tata Valente, presenteado com a chave da cidade e título de cidadão honorário, reunira ao redor da mesa maior da velha casa todos os Valente do mundo, algumas histórias foram honradas com vinte e três versões.

Tata Valente, aliás, era um nome tão frequente, escutado diariamente desde o primeiro gole de leite, que os gêmeos sentiam que o conheciam tanto quanto um ao outro, apesar da ausência de uma única imagem do parente em todo o relicário familiar. Imaginavam-no alto como o pai, forte e altivo, e igualmente a pentear o bigode com três dedos durante as refeições. Enquanto escutavam uma história da infância do mais valente dentre os Valente, o dia em que saltara da pedra mais alta diretamente no centro da furiosa cachoeira, a vez em que salvara o gatinho de uma matilha assassina, imaginavam sempre a mesma criança troncuda e de bigodes que se tornara um homem semelhante ao soldado Alberto Valente. Nas brincadeiras cotidianas, na falta de acordo, Frederico e Valentina eram ambos o famoso personagem a se lançar em aventuras. Fora Tata Valente quem liberara os caminhos antigos através da mata para a passagem dos fios telefônicos, quem tivera a coragem de primeiro viajar sobre o trem, o homem que expulsara cada novo aproveitador a chegar à velha cidade para mantê-la como lugar decente.

Quando a família o aborrecia na terceira, sétima, ou décima sétima repetição da mesma história, Frederico Valente se perguntava que histórias o próprio Tata Valente ouvira na infância em que apanhava cobras, se aos doze anos ainda tinha paciência para escutar os parentes a repetir e repetir os feitos alheios, se não se revoltava por ser comparado a todo tempo com sabe-se lá que outros Valente de sua época. Pensava também em Tata Valente, no pior dentre todos os dias de sua vida, o tão terrível dia por se mostrar apenas o primeiro dentre tantos que se repetiriam e em intensidade crescente, o primeiro no qual não esperou a irmã e caminhou cabisbaixo os dez quarteirões que separavam a escola da casa, os passos lentos, arrastados, tristes, os olhos pregados no chão, o peito esmagado pela certeza de que jamais seria como Tata Valente.

Ocorrera na última aula... Sentado próximo à janela, quieto, ouvia as conversas alheias sobre os jogos eletrônicos que desconhecia. Na lousa, os símbolos das fórmulas e elementos que todos, menos ele, pareciam compreender. Pensava no futebol que tão mal jogava, na bicicleta que sempre o derrubava, nos bilhetinhos bobos que as meninas trocavam a aula toda — escreviam sobre ele? — quando se deu a fatalidade. Ocorrera justamente ante a sala quieta como nunca antes estivera, quando um pombo branco e com manchas marrons, um pombo imundo, arrulhando horrivelmente, aterrissou junto à janela no ponto mais próximo de Frederico Valente, um choque mínimo contra o vidro que o levou a um grito e sobressalto, um grito com a voz fina, um salto desengonçado que, após breve silêncio, fez toda a sala se torcer numa risada sardônica, rindo, rindo, rindo e apontando para ele, rindo, rindo, rindo, o mais jovem dos Valente como involuntário palhaço no centro do picadeiro. Um pombo e todos debochando, de repente os meninos imitando o som da galinha, imitando o som com voz fina de menina, apelidando-o imediatamente de Pombo Valente, debochando inclusive do sobrenome da família: onde, nele, o sangue quente, caudaloso, vermelho vivo e poderoso dos Valente?

No pior dia dentre todos os dias vividos e por viver, caminhou para casa sozinho e cabisbaixo, pensando sofregamente em tudo que não era e jamais seria, na dor antecipada de toda uma vida de decepções consigo mesmo. Sempre soubera — sempre! — ser diferente do resto da família: tinha medo de dormir no topo do beliche, medo da panela de pressão, de cachorros grandes e de pequenos quando latiam muito, e de qualquer bicho de penas, especialmente pombos! As histórias, das menos valorosas às tão especiais, serviam apenas para mostrar quem não era, pois definitivamente não era bravo, corajoso e heroico como Tata Valente, o pai ou a irmã. Pombos! Pombos e agora ele era o Pombo Valente, um covarde dentre os Valente, uma terrível decepção para a família pois gritara — com voz fina! — e saltara da cadeira por conta de um pombo, ainda que sujo e arrulhando, branco e terrível em manchas marrons feias...

A irmã, sim, era verdadeiramente Valente, digna do sobrenome desde a primeira infância: voluntariamente mantinham em segredo, num pacto gemelar jamais formulado, o anúncio da série de realizações dela em compasso de espera até que a coragem nele se manifestasse. Passados doze anos, contudo, apenas nada diziam, e concebia no pior dia dentre todos os dias que era ele essa qualidade de patife, um covarde tão covarde que tinha medo inclusive de revelar a própria covardia! Pombos! Pombos! Como explicaria à família o apelido de Pombo Valente?

Valentina o alcançou na metade do caminho entre a escola e a casa, ralhou por não a ter aguardado, descontando talvez a raiva por já saber que o irmão envergonhara a família, disposta a piorar aquele tão terrível dentre os terríveis dias. Ela cortou-lhe o passo e sorriu, forçando-o a parar:

— Deixe de bobagem, Fred. Você não é covarde. Isso é só um medo besta...

Não deixaria. Talvez fosse o desafio de Frederico Valente o maior dentre todos os já enfrentados por qualquer outro dos Valente, pois envolvia tornar-se fundamentalmente o que não era, e tendo como referência o absoluto. Não se conformaria em ser um covarde, porém tampouco parecia uma possibilidade melhor cumprir todos os dias até o último sofrendo por não ser quem jamais seria. Pombo Valente... Definitivamente fora aquele o pior dentre todos os dias da vida de Frederico Alberto Valente...

Capítulo II

Quando o velho Valente finalmente ia para casa, cansado após horas e horas de árduo trabalho, o bilhar da esquina restava silencioso e vazio, triste como se enorme multidão de súbito abandonasse o local. Recém-chegados, em busca de um pouco de paz, juravam nunca mais voltar, um gole longo e sequer esperavam pelo troco, porém às vezes algum novato se divertia com o velho, deste dia em diante elegendo a improvável sinuca como segundo lar. Chegava pouco depois do almoço, calibrava os músculos com um copo d'água bem gelada e então entre provocações, desafios e comentários em voz alta sobre tudo que não lhe dizia respeito, garantia renda suficiente para desprezar a Previdência Social. O dia em que não puder pagar minhas próprias contas, Frederico... Quando esse dia chegar, podem me enterrar. Para a alegria de uns e infelicidade de tantos, tão esperado dia jamais chegara...

Em cinquenta anos jogando sinuca — A primeira vitória antes de aprender a ler, Frederico, batendo os grandes com a metade da sua idade! —, não se contentava em embolsar as apostas que garantiam a feira: quando o adversário se mostrava confiante, crente que bateria o famoso velho Valente, deixava-o ganhar algumas vezes, aguentando provocações apenas para conseguir uma aposta alta, mas dispensava do pagamento qualquer um que deixasse os sapatos sobre a mesa. Não quero o dinheiro desses que não valem o que comem, Frederico, pois quanto vale um homem que volta descalço para casa para economizar uns trocados? A postura cansada do caminhar era compensada pelo ângulo perfeito com que se curvava um instante antes de acertar a bola branca, os dedos que tremelicavam no barbear misteriosamente se firmavam em contato com o giz que temperava o taco, e todo dia provocava o dono da sinuca com a mesma piada sem graça, afirmando que, assim que as ações do bar estivessem em baixa, compraria a espelunca.

Não se falava em bilhar na cidade sem se mencionar o velho Valente, e não se falava no velho Valente sem se mencionar os marinheiros ingleses que certa vez deixaram ordenado e botas sobre a mesa, o taco invertido empunhado da pouca altura e peso reduzido do avô como argumento final. Vence quem tem a fúria, Frederico! A figura do velho era tão marcante que, quando finalmente voltava para casa, especialmente cedo nas noites de lua cheia, dizendo que nestas a Leão se tornava imprevisível, o bar restava melancólico e vazio, lar de pobres e calados covardes, como se todos os Valente do mundo tivessem subitamente partido levando com eles a pouca coragem que ainda restava na terra. Nessas noites, discutiam a decisão do velho de jamais recusar um desafio, debatiam se era fato que, enquanto existisse um bilhar encardido, seu nome seria lembrado, concordavam num ponto: Deveria gastar parte do que lucrava com as apostas para reformar a casa do fim da rua.

A Leão também ouvia comentários semelhantes. Aceitava agradecida quando valoroso cavalheiro se oferecia para carregar as compras da feira, mas jamais oferecia ao bem-intencionado um convite para entrar. Formiga e bisbilhoteiro tem em todo lugar, dizia, mas os feirantes brincavam que, na verdade, ela tinha medo de que a casa caísse na cabeça do visitante! Aparentemente nunca esqueceriam o dia em que a vítima de um desabamento, resgatada pelo soldado Alberto Valente, machucada e sem os dentes brincara não se conformar que a própria casa caíra antes da dos Valente.

A casa era, de fato, tão antiga quanto a coragem. Alisando com três dedos o bigode após a janta, cada filho deitado numa perna, o pai repetia lentamente o que aprendera, a casa edificada em quatro enormes pilares de rocha pura em honra à família antes dos séculos dos séculos. Lá estava desde antes que os caminhos tivessem nomes ou os homens criassem galinhas, havendo nascido, brincado e partido naqueles mesmos cômodos cada um dos Valente cujas histórias eram repetidas. E quando morriam, onde eram sepultados? Nas noites de chuva, toda a estrutura a ranger, o vento em uivos fantasmagóricos, a assustadora ideia atormentava Frederico Valente, obrigando-o a se refugiar na cama da irmã. Será que algum Valente fora ali sepultado? Talvez no porão ou na área escura no fundo do terreno! Provavelmente debaixo da sua cama, Fred, mas durma agora... Se algum fantasma aparecer, pegamos o aspirador...

 A casa escondia tesouros, atiradeiras, estilingues e bolinhas de gude dos meninos que um dia os trocaram por mosquetes, baionetas e barris de pólvora. Frederico certa vez encontrara, descascando entediado uma parede úmida, desenhos a carvão traçados por Ninus Valente, o construtor, e a Leão contava com ares de revelação religiosa a vez em que parte do assoalho rangera, apresentando-a como destino o famoso e secreto livro de receitas da tia Vatela Valente, todo em latim. Armas do tempo dos conquistadores, balas de canhão disparadas contra a casa e canhões enferrujados que da casa disparavam, toda a história da família dispersa por ali. Arreios para captura de cavalos selvagens, o coração vazio do rei Ricardo e a cabeça mumificada do suserano que prometera cobrir de ouro quem trouxesse até ele o Valente que saqueava seus armazéns para distribuir grãos aos pobres.

Pensando nos Valente que viriam, estes também enterravam novos tesouros a serem descobertos: o taco de sinuca com o qual o velho Valente vencera e ameaçara os marinheiros ingleses, o vestido de casamento jamais usado pela Leão, problemas de lógica que o tio Adoniram relegava às fronteiras do pensamento matemático a serem desbravadas pelos Valente do futuro. Valentina enfiava rolinhos de papel numa fenda com as próprias histórias de coragem não transmitidas para a família para não diminuir o irmão, registrando quando batera na meia dúzia de meninos broncos e brutos da rua de cima para garantir a justa repetição do pênalti perdido — O goleiro se adiantara! — ou quando capturara sozinha, com forquilha e saco de lona, uma cobra que deslizava pelo quintal.

Antes do pior dia dentre todos os dias da vida de Frederico Valente, era ele o melhor em encontrar tesouros. Estava sempre atento às fendas das paredes, pequenos buracos entre as pedras que normalmente revelavam armas, ossos, martelos, munições, armaduras e vestidos. Fora ele quem encontrara as sandálias de Polo Valente, o homem que fora mais longe que tão longe apenas para comer macarrão, um garfo de Jonas Valente, o homem que comeu a baleia, e também quem notara um som diferente quando se apoiava a panela de arroz num pedaço da mesa, o que revelou a espada encalhada de Arthur Valente. Contudo, após o dia mais triste e terrível dentre todos os dias de sua vida, o dia em que descobriu o que sempre soubera sobre si, desanimou em procurá-los. O que eles revelavam, além de que Frederico não era um valente como os Valente, que jamais esconderia tesouros por não ter feitos a narrar? A partir daquele dia, cada feito e cada tesouro tornaram-se fardo, e Frederico desinteressou-se definitivamente por eles. Que outros os escondessem, que outros os encontrassem!

Facilitava o encontro dos tesouros a constante transformação da casa da família Valente. Apesar dos sólidos quatro enormes pilares de pedra maciça, a disposição interna era constantemente modificada, não decorrendo quarto de século sem que fosse completamente alterada. Conforme os Valente cresciam e deixavam a casa, ou voltavam em busca de refúgio e de um prato de comida quente por apenas uma noite, conforme casavam ou declaravam guerra, sessões inteiras mudavam de lugar: os quadros que adornavam as paredes, presentes de artistas poupados da miséria pelo retrato da família, mostravam os ambientes da casa em disposição inimaginada.

A mais recente alteração se dera justamente ante o nascimento dos gêmeos. Quando o soldado Alberto Valente anunciou que se casaria, ignorando o tio Adoniram subitamente insone e a Leão à beira da morte, os Valente se mobilizaram. Moveram algumas paredes, construíram outras, eliminando a sala secreta de armas do tempo dos conquistadores para inaugurar o par de quartos, diminuta sala e cozinha que os gêmeos conheciam como lar, casa dentro da casa por exigência da mãe, que condicionara o casamento ao sonho da cozinha própria. Contavam que o tio Adoniram estranhou tanto a falta do irmão no quarto, com a farda e os coturnos fedidos de soldado a empestear o ambiente, com o ronco profundo até as primeiras horas da manhã, que simplesmente não conseguia dormir. Vagava pálido pela casa, perdendo peso, as calças a cair, às vezes se esgueirando entre os corredores no meio da noite para adormecer aos pés da cama do jovem casal. Só voltou a dormir ante a instalação de um pequeno aspirador, que em corrente alternada ligava e desligava por toda a noite simulando o ronco do irmão. A Leão adotou cachecol e gorro, atacada por frio absoluto apesar da época do ano, a voz convertida num murmúrio inaudível, queixando-se de dores que eram indiscutíveis sinais dos poucos dias de vida que lhe restavam. Quando descobriu que a nova esposa jamais ligava o fogão, alimentando o filho com congelados, despertou milagrosamente curada.

Tal quais as histórias da família, repetidas para cada Valente durante cada refeição, a casa era verdadeiro patrimônio familiar, o que definia cada Valente, onde cada um se encontrava, dos famosos Valente personagens das grandes histórias aos anônimos comprometidos a visitá-la ao menos uma vez na vida. Já fora cercada e incendiada por invasores estrangeiros, transformada em forte militar, alvo das balas de canhão, mas nunca tão ameaçada como quando entrou no mapa da especulação imobiliária. O bairro lentamente se transformava, prédios substituindo casas e parques sendo reduzidos pela metade para dar lugar a condomínios. Numa reunião qualquer, diante de uma maquete, empreiteiros apontaram o que seria o mais novo, exclusivo e moderno condomínio da cidade, com a piscina térmica instalada exatamente sobre a casa da família Valente!

Primeiro os corretores tentaram uma oferta direta. Apresentaram-se com os melhores sorrisos num domingo de manhã, apertaram a mão do velho Valente e entregaram cheque já preenchido, que a Leão rasgou sem olhar. As estratégias então se multiplicaram: toda manhã, aguardavam os gêmeos na porta da escola, sorrindo e perguntando se não estariam mais felizes nadando àquela hora numa piscina quentinha. Encontraram o soldado Alberto Valente na companhia e apresentaram coloridos e detalhados gráficos, neles o número de ataques à casa de policiais na região e o plano de segurança do residencial. No bar onde o velho Valente jogava bilhar, os corretores colaram cartazes que exibiam o salão de jogos do condomínio e, na feira, a Leão passou a receber a diligente ajuda de um estagiário de sorriso farto e cabelo bem penteado. Os Valente se divertiam com as estratégias dos corretores, aproveitando-se delas principalmente por terem certeza de que jamais venderiam a casa. Pediam favores absurdos aos corretores, que corriam a providenciar, e negociavam valores exorbitantes sem a menor intenção de aceitar qualquer oferta.

Um dia, todos os corretores sumiram e os Valente imaginaram que tinham desistido. Sentiriam falta: Quem agora falaria da piscina quentinha, prepararia o taco com giz novo e carregaria as compras? Até que chegou a notificação, acompanhada do aviso de despejo: Tio Adoniram vendera a casa! Ele ficou pálido, perdeu a fala, voltou a gaguejar como quando tinha seis anos levando a Leão a temer outras dezenove sessões com o fonoaudiólogo não cobertas pelo convênio. Quando viu a própria assinatura no contrato, entendeu tudo: Os corretores o apresentaram o contrato disfarçado de inscrição numa feira de invenções. Fora enganado! Não, todos os Valente do mundo haviam sido enganados e reagiriam à altura!

A Leão não esperou por uma reação organizada: invadiu o escritório da construtora e distribuiu chineladas, a primeira no cabelo bem penteado do estagiário que a ajudara na feira, as quinze últimas no presidente da companhia, que com os braços marcados pelas tiras de borracha afirmou que faria questão de começar o empreendimento derrubando a maloca. O soldado Alberto Valente agiu com moderação: acompanhado apenas da própria hombridade, procurou o presidente, crente que conversando de homem para homem resolveria a situação, mas após aguardar por três horas recebeu da secretária um pedido de desculpas e a intenção de nova reunião para dali a uma semana. Após três horas! Outros Valente escutaram sobre o caso e a situação se complicara, o telefone tocando sem parar, ora alguém acusando o tio Adoniram de trair a família por trinta e um dinheiros, ora um advogado afirmando que um Valente distante destruíra patrimônio da incorporadora e o custo do ato terrorista seria subtraído do valor da venda.

Coube ao velho Valente solucionar a questão. Passou dois dias fora de casa, procurando antigos colegas, rapazes que o velho ensinara a paquerar, a fazer ligação direta nos carros alheios ou a quem receitara o tônico que fazia a barba finalmente crescer. Nos meninos que protegera das brigas na saída do cinema, nos rapazolas de pernas finas e sem pelos que ensinara a tossir com vontade bastante para escapar do alistamento militar, encontrava empresários bem sucedidos, políticos importantes e advogados com fama de imbatíveis. Voltou para casa com uma pilha de papéis e mandou que o tio Adoniram assinasse cada um com letra diferente, destruindo-lhe em seguida a carteira de identidade. A confusão jurídica fora instalada: segundo os documentos, tio Adoniram vendera a casa simultaneamente para seis construtoras diferentes, e inclusive fundara ele mesmo a própria construtora, para quem também vendera a casa, no que se julgou um surto de empreendedorismo.

Segundo contaram, quando o presidente da incorporadora percebeu a manobra, cuspiu o café com tanta vontade que inutilizou o terno do advogado portador da má notícia. O custo jurídico inviabilizaria a construção do residencial! Jogando bilhar devagarzinho, o velho consolidava a vitória: sem muito interesse, como se não lhe dissesse respeito, contava para cada um que enfrentava um detalhe do imbróglio jurídico, cochichando justamente para que todos se interessassem, pedindo com seriedade ao ouvinte que guardasse segredo justamente para espalhar a notícia. Em poucos dias, toda a cidade conhecia e comentava o problema judicial, tecnicamente um processo que correria em segredo de justiça, levando à incorporadora uma enxurrada de pedidos de cancelamento, novos processos, cláusulas questionadas, cheques sustados e contratos rasgados. Enquanto a construtora se esfacelava, a casa da família Valente seguia firmemente instalada, tão antiga quanto a coragem...

Capítulo
III

Sem que houvesse uma aposta envolvida, jamais o velho Valente iniciava uma partida de bilhar. Batia bolas sozinho em treinamento desnecessário por toda a tarde ou propunha a um velho conhecido trinta e sete partidas tendo como prêmio uma caixinha de fósforos, mas jamais empunhava o taco, oferecendo uma exibição de toda sua habilidade, sem algo a ganhar. Era o famoso velho Valente, que retivera o ordenado dos marinheiros ingleses e ensinara aos piores malandros o que de fato era a malandragem: se com ele quisessem jogar, que algo oferecessem, e naquele bar só se jogava contra o velho Valente, e naquela cidade só se jogava profissionalmente naquele bar.

  O dinheiro ganho com as apostas o velho carregava embolado nos bolsos, as notas rasgadas e amassadas, distribuídas em tantas roupas quanto o avô tinha. Os demais prêmios, acumulava na parte escura do quintal, colecionando caixas de fósforos nunca riscados, garrafões de pinga não degustados, latas lacradas de amendoim torrado e a centena de botas deixadas por diferentes adversários. A maior conquista, um sítio que ganhou após vencer o mundialmente famoso campeão de chapéu, visitava apenas na época das grandes chuvas, quando as já impossíveis estradas de acesso enchiam-se de pedras, os caminhos se tornavam lamaçais e até as grandes máquinas agrícolas enguiçavam.

    Tirava da garagem o pequeno carro de rodas brancas e motor traseiro, removia com cuidado a capa mágica japonesa que preservava a pintura, ajeitava as provisões no porta-malas dianteiro, os netos gêmeos entre malas no banco traseiro, a Leão ao seu lado com o mapa que não consultaria e partiam a enfrentar a estrada, um beijo da mãe quando ainda morava com eles, o pedido para que tomassem cuidado e obedecessem apenas ao avô. O carro encerado e polido com cuidado antes da viagem, presente de casamento dos lanterninhas de cinema agradecidos pelos inúmeros arruaceiros expulsos pelo velho Valente, terminaria inteiramente coberto de lama. A cada solavanco a Leão reclamava do velho, que assoviava marchinhas de carnaval e, entre o assoalho martelado pelas pedras, inúmeras atolagens e os pontos de referência que subitamente mudavam de lugar, finalmente chegavam.

    O sítio era pequeno, mal cuidado e, enquanto ali estavam, chovia o tempo todo. Descarregavam o carro, ajeitavam a casa grande, faziam planos de reformas, a instalação de piscina e jardins que nunca seriam concretizados, e convidavam os lavradores da região para compartilharem de todas as refeições. Então, acontecia: a Leão se punha na cozinha e preparava pratos fantásticos, deliciosas receitas que enchiam a casa de odores espetaculares. Oferecia-se para massagear a lombar que maltratava o velho, contava histórias do tempo em que não tinham filhos, enumerando tudo que no velho a encantara quando a conquistou, tantas décadas atrás. Ele recebia as visitas e ouvia-lhes as histórias sem interromper, furtava-se de mencionar as narrativas familiares, aceitava as partidas de dominó que irremediavelmente perdia. Elogiava os pratos preparados pela Leão, chamando-a de passarinha, mencionava o quanto acertara na criação dos filhos e netos, beijava-lhe as mãos e se oferecia para lavar a louça, tão naturalmente que o casamento parecia mesmo aquele ritual delicado, passeios de mãos dadas pelas lavouras arrasadas, carinhos e beijos furtados no celeiro abandonado.

  Frederico e Valentina contemplavam aquele ritual extasiados, próximos a todo instante para terem a certeza de que não se tratava de um sonho, tão estupefatos que evitavam mencionar o assombro pelo receio de que o encanto se quebrasse. As visitas repetiam o cardápio tantas vezes quanto possível, iniciavam elogios dispensados pelo avô, insistiam para que após a refeição, o dominó, e todas as histórias dos Silva, dos Santos ou dos Silva dos Santos, o velho contasse afinal uma história dos Valente. A fama o precedia, que deixasse a modéstia de lado e compartilhasse ao menos uma...

Capitulava, humildemente vencido, um toque discreto da esposa no antebraço autorizando-o. Iniciava então de pé, a voz discreta envolvendo a todos, e escolhia justamente uma história de covardia da família Valente, narrativa jamais mencionada entre os sólidos quatro pilares da casa, fixados na terra enquanto se inventava o tempo. Após o pior dia dentre todos os dias da vida de Frederico Alberto Valente, quando descobrira o tão terrível e que sempre soubera sobre si mesmo, aquela narrativa tão rara, escutada apenas neste estranho paralelo tantas horas distante, subitamente o interessou. Já a escutara no ano anterior e no outro, mas de repente sentia que ali havia algo para ele, pois era, afinal, a narrativa de uma maldição!

Aníbal Valente era o personagem da narrativa, e o velho Valente descrevia-lhe os golpes, os trajes, o treinamento e a armadura leve, a rígida educação na glória e na coragem. Vencera os desafios que a época o impusera, do olho atento do ancião no parto ao reconhecimento como homem entre os homens, valente entre os Valente, preparado não apenas na velocidade da lança e boca do lobo quanto nas histórias da família que naquele tempo já se pronunciavam, a fogueira primordial como cenário das preciosas histórias de infância que o sangue trazia como tesouros. Tudo poderia Aníbal Valente ter conquistado e tudo vencido, mas seu nome acompanhava a terrível e definitiva maldição lançada contra a família Valente.

Quando o inimigo se mobilizou para invadir--lhe a casa, dezenas de milhares de homens, cavalos, espadas e escudos, Aníbal Valente teve a chance de enfrentá-los todos, sozinho, no centro do desfiladeiro. Seria glorioso, digno e uma obrigação fácil: era um Valente adulto, formado e armado diante de grande evento histórico. A oportunidade pedia apenas um passo à frente, um grito e o escudo posicionado, mas Aníbal teve medo. Aníbal fugiu. Retornou para a cidade, reuniu os soldados e então voltou para o desfiladeiro, desta vez com outros duzentos e noventa e nove. A sorte não perdoaria a covardia de Aníbal Valente: não apenas foram massacrados, como a maldição inaugurada sobre a família. Um Valente jamais deveria recuar! Aníbal Valente poderia ter vencido sozinho!

Desde então, sempre que qualquer Valente se recusa a um ato de coragem e bravura, um infortúnio se lança sobre todos os membros da família, de um carro enguiçado à viga que despencando do céu ceifou a vida de Ninus Valente, o construtor. Cabia a cada Valente mostrar-se bravo, não apenas para honrar o próprio sangue e o bom nome da família, como para proteger cada Valente do mundo de novos infortúnios e quem sabe anular a maldição. Criam os Valente que um dia algum deles desempenharia um ato de tão fabulosa coragem que a maldição seria anulada, mas nem Tata Valente conseguira.

As visitas se despediam, agradeciam tantas vezes quanto podiam, aceitavam sorridentes o convite para retornarem já no café da manhã. De volta às próprias casas, tão modestas e com eternos planos não concretizados de reforma quanto a dos Valente, os casais, antes de se deitarem, comentavam que tão gentis velhinhos, tão belo o carinho entre eles, que comportados netos, que injustiça a maldição a pesar contra os Valente. Torciam para que se libertassem, esperavam que um deles desempenhasse o ato de tão temível bravura que os salvasse e, otimistas, apostavam no triunfo, um deles conseguiria, exceção talvez àquele menino distraído e de olhos assustados.

Ante a casa subitamente vazia, a noite posta, os avós distribuíam rápidas tarefas, Frederico deveria lavar a louça, Valentina tirar o lixo, guardava-se a comida e era hora dos netos irem para a cama. Ouviriam um disco juntos antes de dormir e as crianças estavam proibidas de deixar o quarto! Quando quietos na cama, o cheiro de gavetas fechadas misturava-se aos sons da mata, tão intensos que desconfiavam haver grilos junto da porta. Valentina imaginava que seria divertido sair à noite para caçá-los, Frederico sentia incontrolável aflição ante os insetos grandes e cheios de pernas, detestava até olhar para eles, mas, mesmo no estranho universo do sítio, não poderia assumir o temor. No que então poderiam pensar os gêmeos, senão na maldição?

Valentina sonhava que seria ela quem a quebraria; ela! Tanto lhe faziam os pequenos atos de coragem, os meninos broncos e brutos da rua de cima ou a cobra no quintal. Eram histórias menores, importantes para uma única refeição. Seu grande ato heroico estava guardado, quase podia tocá-lo com as mãos! Em um milênio, contariam a história de Valentina Valente, que enfrentara sem vacilar o maior perigo dentre os perigos e triunfara, livrando a família da terrível maldição que a assolava desde Aníbal Valente. Ante Valentina Valente os nomes Ninus Valente, Magno Valente, Polo Valente e até Tata Valente seriam secundários. Ela sabia! Via a maldição como uma oportunidade única, exatamente o oposto do que pensava Fred: quando um gritinho escapou de sua garganta diante de um pombo — Pombo Valente! —, quando subiu no tanque com medo da cobra que a irmã capturou com tranquilidade — Uma minhoquinha, Fred! —, quando paralisou ante os seis meninos broncos e brutos da rua de cima — Apenas seis e nem eram ingleses, Frederico! —, imaginou cada Valente do mundo sofrendo e se penalizou. Não apenas os meninos da escola nova e da rua de cima debochavam dele e do bom nome da família, como pratos prontos de comida subitamente escapavam das mãos relegando todos à fome, caminhões enguiçavam atrasando entregas, crianças Valente caíam da bicicleta ralando os joelhos e velhinhos Valente desabavam da bengala, sofrendo por culpa dele com horas de fisioterapia não reembolsáveis pelo convênio médico. Urgia encontrar a própria coragem, tornar-se algo maior antes que a própria covardia dilapidasse os membros da família. Era preciso! Se não aprendesse a ser valente, que pelo menos deixasse de ser covarde!

No dia seguinte, as visitas voltavam trazendo as próprias receitas em retribuição, ofertando novas histórias e o sorriso leve dos velhos conhecidos. Acompanhavam-nos agora os filhos e sobrinhos, meninos que adoravam desafiar Valentina e Frederico: Quem tinha coragem de pisar no formigueiro, quem pegaria uma aranha na mão, quem aceitaria o desafio de caminhar em plena madrugada pela mata fechada? O sobrenome da família e a fibra de Valentina deixava-os ansiosos por se mostrarem quase adolescentes e muito mais bravos que os tais de sobrenome Valente. Para estas irrecusáveis excursões, subtraiam sorrateiramente facas e lanternas dos pais, combinavam de partir à meia-noite do velho jacarandá após se deitarem e fingirem dormir por algumas horas. Quem quer que não aparecesse seria taxado de covarde!

Frederico Valente nunca teria conseguido completar as excursões sem o auxílio da irmã. Por todo o dia suava frio imaginando meios pouco vergonhosos de recusar o desafio, perdia o apetite, incomodava-se com as mãos úmidas e o coração sobressaltado. Poderia uma tragédia salvá-lo, um incêndio ou acidente que obrigasse a partida súbita? Como era difícil ser um Valente! Não bastando tudo que a família dele esperava, não bastando as histórias e a maldição que o culpava por cada incidente com um familiar, ainda havia os Silva, os Santos e os Silva dos Santos a desafiarem-no para que defendesse o bom nome da família. Estava cansado de ser um Valente, ou melhor, de fingir ser um Valente...

Só Valentina poderia ajudá-lo a completar semelhante excursão... Acordava-o no horário e o aconselhava a escolher calça e camisa de mangas compridas e tecido grosso para não voltar todo arranhado. Fazia com que calçasse as velhas botas de couro do pai e insistia que não usasse um facão, pois apavorado poderia tropeçar e cair sobre a lâmina. Quando partiam, pedia em voz alta que Fred segurasse sua mão, como se fosse ela a fraquejar diante da mata fechada e, se percebia que ele ia gritar de medo, por certo imaginando as árvores vivas agarrando-o pela camisa com galhos fantasmagóricos, dava ela um pequeno grito e acelerava os passos, arrancando risadas dos meninos e preservando a imagem do irmão.

A caminhada terminava na clareira dos enforcados, onde, contavam as lendas, um grupo de piratas sofrera o último suplício. Ali, na noite sem lua, os meninos se sentavam em círculos e se desafiavam, perdendo o primeiro que pedisse para ir embora. Eram contos de terror, a brincadeira de estarem separados na absoluta escuridão por cinco minutos, uma rodada de gritos com a lanterna no queixo, cutucões sorrateiros para arrancar o gritinho que seria alvo de deboche por semanas, até que o dia se anunciava encerrando a aventura.

A mata era menos assustadora e quase agradável na luz sugerida, mas foi justamente ali que Frederico ouviu o que de fato o estarreceu. Entediados, cansados, um deles começou despretensiosamente, sem imaginar o quanto o abalaria. Talvez só quisesse impressionar Valentina, talvez só quisesse dizer qualquer coisa, mas Frederico pensaria por semanas no que foi dito:

— Meus primos também são gêmeos. Um é bom de bola e o outro perna de pau. Um vai bem na escola e o outro nunca estuda. Sempre achei que os gêmeos fossem assim...

E nada mais disse. Um silêncio instalou-se no grupo, levando os meninos a trocarem olhares, cutucando-se para saber se a brincadeira passara do ponto: seria um daqueles assuntos de família que nunca devem ser mencionados, como nas noites em que os pais discutem e é preciso fingir não ter escutado? Sem saber a resposta, caminharam de volta, sem brincadeiras ou provocações, e se despediram num aceno, cada qual a seguir seu caminho com os olhos no chão, o cansaço misturado à confusão final, exceto por Valentina Valente, que jamais baixava os olhos, que jamais se confundia...

Sete dias após chegarem ao sítio os avós partiam, justamente quando o tempo melhorava e avistavam o primeiro carro de turistas a aproveitar o final de semana. O velho Valente lavava e encerava o carro delicadamente, caprichando na limpeza das rodas que a lama emporcalharia nos primeiros quilômetros. Deixavam as provisões com os novos amigos, enchiam o porta-malas com os legumes e hortaliças ganhos de presente, as bagagens ajeitadas no banco de trás entre os netos. Partiam e, quando a primeira pedra martelava o assoalho, a Leão reclamava e o velho assoviava, irritavam-se um com o outro por conta do preço do combustível, do farol alto dos carros alheios, a polícia rodoviária que não sinalizava direito as estradas, o velho Valente que ora dirigia rápido, ora devagar demais, a avó que não sabia consultar o mapa, de repente tudo como sempre fora, tão empenhados os avós em discutir por tudo que davam a impressão de estarem ansiosos por compensar os dias perdidos.

Frederico Valente ignorava os pés inchados e os arranhões no braço, o nariz escorrendo a anunciar um resfriado adquirido nas caminhadas noturnas, os ouvidos atordoados pela discussão dos avós. Haviam esquecido a si mesmos dentro da casa? As palavras desencontradas do menino martelavam na sua cabeça: Um dos gêmeos é tudo e o outro nada. Por que ninguém nunca lhes dissera? Para protegê--los, para que acreditassem terem todas as possibilidades da vida ao seu alcance, verdade que não se aplicava a ele. De certa forma, era essa também uma maldição, a maldição dos gêmeos, e era ele amaldiçoado a ser um covarde! O caso do terrível bicho de penas que o levou ao gritinho — um gritinho com voz fina na frente de toda a sala! —, além de todos os atos de coragem da irmã que escondiam — covarde até para se assumir um covarde! —, demonstravam se tratar da mais pura verdade. Toda a valentia da família estava na irmã, restando-lhe a covardia mais sombria. Frederico Alberto Valente, o mais covarde dentre os Valente. Frederico Alberto Valente, amaldiçoado a ser um covarde!

Capítulo IV

Em todas as casas de família, na nobre residência dos Silva, dos Santos ou dos Silva dos Santos, os objetos de decoração seguem um padrão fácil de identificar. A maioria das peças fora comprada ou presenteada à época do casamento, sete, treze ou vinte e três anos atrás, e as demais adquiridas espaçadamente, em menor quantidade a cada ano. Quanto mais crianças na família, menos peças preservadas da época do matrimônio, e as novidades, em geral baratas e descartáveis, irremediavelmente seguiam os ditames da moda da decoração de interiores disponíveis nas revistas de grande circulação.

Antes de partir, a mãe ria desses objetos: A foto de um lago que não se sabe onde é, as águas cortadas por um barco cujo nome se desconhece, a enfeitar a sala da família que acima de tudo associa lagos a insuportáveis insetos e tempo perdido. Imagens de cavalos decorando os corredores da casa da família que adora cachorros, sobre um móvel miniaturas de gatos do Oriente para dar sorte aos que já se sentem afortunados por não terem gatos. Além de manter a própria casa dentro da casa muito diferente da residência da família Valente, quando morava com eles a mãe ensinara Frederico e Valentina a observarem as escolhas que uma casa continha: A casa da família Valente, por exemplo, exprimia a forte tradição que os unia, a história da família a defini-los. O que a casa continha e o que não continha refletia quem eram os que ali viviam.

Não apenas a mãe se importava com o tema. Quando voltavam do sítio, porta-malas descarregado, malas desfeitas, novamente o automóvel limpo no fundo do terreno e coberto com a capa mágica japonesa que protege a pintura, a Leão punha-se a minuciosamente verificar a posição dos objetos da casa. Uma marca de poeira fora do lugar, um copo faltando e a Leão saberia que o pior havia acontecido, aquilo que mais detestava e tanto temia: em sua ausência haviam recebido visitas! Os vizinhos bisbilhoteiros haviam oferecido uma torta para os filhos e se convidado para jantar? Ela saberia, não confiando em ninguém além do tio Adoniram, cujo único amigo era um astrônomo que só encontrava em dias especiais, conforme um calendário esquisito. Usando os óculos que lhe aumentavam exageradamente a imagem dos olhos, conferia a posição das medalhas de infantaria do general Patton Valente, as baionetas de Milhais Valente posicionadas sobre a lareira, a âncora do navio de guerra que Drake Valente afundara para enganar os corsários espanhóis e concluía que apenas um objeto — sempre o mesmo objeto nas raríssimas ausências da Leão — estava milimetricamente fora de lugar e repleto de marcas de dedos que só ela via: sobre uma antiga lareira que nunca era acesa, a pequena base branca de mármore a sustentar o corpo dourado metálico do anjo, as mãos unidas a ofertar a coroa de louros. Aos pés da figura, em letras desbotadas, a inscrição datada de seis décadas atrás: princesa do *commercio*. Resmungando em olhos enormes detrás das grossas lentes, a Leão apanhava o pequeno troféu, polia-o com repetidos e vigorosos movimentos do pano embebido na mistura de vinagre com farinha de trigo e o devolvia à posição exata. Aquelas marcas de dedos... Quem fora o engraçadinho? Já inclusive tentara convencer o filho Alberto a periciar o objeto para descobrir pelas digitais quem tanto se interessava em mexer nas coisas dela, ouvindo em resposta que não havia um crime naquilo, caso fosse verdade. Caso fosse verdade... Tinha certeza de que um engraçadinho exibia o troféu por aí para debochar dela ou lembrar a história do prêmio, mas por nada nesse mundo sairia perguntando. Sabia muito bem o que a cidade dizia!

Não, a Leão nunca sorria, e após ajustar o troféu à posição de onde não deveria sair, o lugar certo, ali posto, ali deveria ficar, punha-se silenciosa e detetivesca enquanto intimava os gêmeos a lavarem e guardarem as hortaliças ganhas de presente dos adoráveis vizinhos do sítio. Fora de fato uma menina linda, uma moça disputada, mas nunca deixara de considerar uma descompostura oferecer sorrisos por aí. Quando moça, recebia elogios por onde passava, presentes de estranhos, mas nem por isso abandonava o lema: Se quisessem ver um sorriso, que procurassem um cavalo! Ela era quem era, e quando foi eleita a princesa do *commercio* — a cidade em festa, a reverência geral, fogos de artifício a iluminarem os céus, um caminho de flores em frente a casa — moveu o canto dos lábios para cima, os olhos em arco, a felicidade estampada no que quase foi um sorriso. Quase! A cidade dizia, agora numa antiga graça sem graça, que naquele dia o leão quase sorriu — foi por pouco! — e depois nunca mais. Brincavam com os forasteiros dizendo que naquela cidade havia um leão que certa vez quase sorrira. Um leão que vive no zoológico? Não, naquela casa ali! Não se importava com nada daquilo: Se quisessem ver uma graça, que fossem ao zoológico dar comida aos macacos!

Essa era uma história antiga, contada aos gêmeos na banca de jornal ou na padaria, oferecida por algum dentre os tantos pretendentes rejeitados há seis décadas, mas jamais escutada à mesa. Lá, o mais próximo de um sorriso que haviam visto era quando a Leão falava do primogênito, de longe sua história preferida. Era um truque fácil de perceber: servia a sobremesa preferida do velho Valente, iguaria que o levava a repetir e repetir de boca fechada e então contava devagarzinho, quase sorrindo, que o bom nome da família Valente não seria tão benquisto se não fosse pela figura de seu tão querido filho, o soldado Alberto Valente.

Quando a Leão era jovem, uma mocinha que cortava e costurava em longas tardes de conversa com as irmãs, a princesa do *commercio* famosa pelo mau humor, o nome da família Valente trazia meneios de cabeça e lábios torcidos. Mencionar tal nome significava falar do velho Valente, à época conhecido apenas como o Valente, e seus cinco irmãos, que antes de se espalharem pelo mundo gastavam a juventude em disputas de bilhar, brigas à porta do cinema e corridas noturnas em carros alheios, roubados apenas para tal fim e devolvidos sem combustível e um tantinho arranhados no dia seguinte. A primeira regra para uma boa moça de família — uma boa moça, de boa família, que almejava um bom casamento — era nunca, em hipótese alguma, entrar num desses carros com um desses Valente, especialmente com o Valente. Eram beberrões, encrenqueiros, inimigos da paz e das famílias, conhecidos dos delegados e de todos os malandros da cidade, sendo inclusive famoso o verão em que os irmãos Valente receberam a visita de quinze primos — entre eles o jovem Tata Valente — e a delegacia solicitou reforços. Naturalmente a Leão não fora uma tola mocinha a inocentemente aceitar carona do velho Valente, mas não era a linha que a interessava quando garimpava tais antigos descalabros: gostava de explicar que sem a fibra e o trabalho de seu querido filho Alberto, pai dos gêmeos, os Valente ainda seriam vistos como os degenerados sem propósito que eram na juventude do velho.

Já antes de entrar na academia de polícia, Alberto Valente era respeitado pelos pais e adorado pelas moças de família, todas as meninas sonhando que dos lábios ocultos pelo farto e prematuro bigode sairia o mágico convite para que as acompanhasse no baile escolar. Arrancava suspiros ao impedir os rapazes de roubar carros por diversão, buscar nos bilhares e bares alunos para devolvê-los à escola ou apartar as brigas alheias com um balde de água gelada, mas quebrou todos os corações quando se declarou sem tempo para bobagens românticas.

Nessa época, o velho Valente o criticava: achava-o sério demais! "Obtuso" era a palavra usava. Se não fosse de mau tom, diria-se decepcionado por nenhum dos filhos ser como ele, mas a possibilidade não parecia interessá-los após duas décadas escutando críticas ao velho. A vida passou depressa para o cadete Alberto Valente, como se o espaço entre a infância e a vida adulta tivesse decorrido nos poucos dias entre a inscrição e o aceite para a academia de polícia: formou-se com distinção, conheceu a esposa numa ocorrência, namorou e casou em meia dúzia de meses, a gravidez anunciada poucos dias após a cerimônia religiosa, assim como algo que horrorizou a família Valente: a futura esposa manteria o nome de solteira, seguiria sendo uma Silva dos Santos, terminantemente recusando incorporar o Valente ao próprio nome!

Nessa época, o velho Valente o defendia: Não devia satisfações a ninguém! Era um homem, o nome da esposa era problema dele, assim como o que quer que decidisse para a própria vida. A Leão adotara o sobrenome Valente, ótimo, mas, se estavam sobrando opiniões naquela família, deveriam vendê-las a granel, ao invés de encherem os ouvidos uns dos outros. A vida do soldado Alberto Valente mudou depressa, num repente as circunstâncias inundando-o de problemas: por influência do delegado, atuava na cidade onde nascera e sempre residira, mas quando descobriu que este recebia propina de metade dos estabelecimentos para tolerar todo tipo de ilegalidades, investigou-o, denunciou-o e o prendeu, sacrificando a própria carreira para assistir ao delegado ser liberado e transferido.

Foi pior: os colegas de farda, policiais que até um dia antes cobriam-no de elogios, passaram a ignorar-lhe a existência. O armário onde guardava as roupas era encontrado sempre sujo de cocô de cachorro, a energia cortada quando estava na metade do banho e os pneus da viatura que dirigia sem companhia constantemente furados. Por três anos Alberto Valente, que se sabia para sempre soldado, aguentou cada provocação e fez seu trabalho, alertando quem elevava a voz que não evitaria enfrentar qualquer um que o desrespeitasse.

Foi melhor: com o novo governo, protestos nas ruas, clamor por uma nova era, os delegados foram investigados, muitos destituídos, o cargo então oferecido ao famoso soldado Alberto Valente, que numa mesma frase agradeceu e recusou a oferta. O novo governo nascera um velho governo. Decidira ser para sempre o soldado Alberto Valente, sem precisar agradecer nem explicar a ninguém a própria decisão. Os mesmos colegas de academia então o procuraram, felicitações e convites sempre à disposição, mas nunca o encontravam em casa: estava patrulhando a vizinhança fora do horário de trabalho, estava investigando uma quadrilha, estava visitando uma escola para instruir as crianças, estava no chuveiro, estava quieto a pentear demoradamente o bigode com três dedos, um filho deitado em cada perna sobre o tapete da sala...

A Leão foi a primeira a perceber que, conforme o velho Valente restringia sua infinita animação a um único bar e o filho multiplicava-se em atividades comunitárias, alterava-se o tratamento dispensado à família. Quando os pais de famílias como os Silva, os Santos, ou os Silva dos Santos escutavam o sobrenome Valente, pensavam agora no policial honesto que recusara a promoção, e não no velho Valente e sua trupe de irmãos e primos a quebrar a cidade. Sentia-se orgulhosa do filho, de ver frutificarem os valores que nele cultivara, e grata por ter vivido o bastante para perceber as gerações se sucederem e o bem triunfar sobre a ignorância...

Quando finalmente dizia essa parte, terminando sua história favorita sempre a mirar o infinito, o velho Valente já cochilava segurando o prato manchado com o que fora a sobremesa. A Leão então suspirava e movimentava um tantinho o canto dos lábios, espremia os olhos, os gêmeos se inclinando para frente, apertando um a mão do outro, concentrados nos lábios da avó. Seria agora? Faltava tão pouquinho para um sorriso... Estava quase... Quase... Ela balançava a cabeça, desfazendo demoradamente a expressão. Não, a Leão nunca sorria, nem mesmo ante sua história preferida... Naquela cidade, havia um leão que quase sorria! Que parassem de encará-la com aquele ar de gêmeos maníacos e ajudassem a guardar a louça! Se quisessem tanto ver um sorriso, que procurassem um cavalo!

Se na casa de famílias como os Silva, os Santos ou os Silva dos Santos as refeições eram servidas num mesmo jogo de jantar, três pratos de trigo para três comensais tristes, na casa da família Valente isso jamais ocorrera. Não havia na casa dois pratos iguais, segundo o velho, porque a Leão atirava-lhe os conjuntos de louça contra a cabeça quando chegava tarde, segundo o tio, porque não existiam no universo dois objetos exatamente iguais. Lavando as hortaliças enquanto a irmã as secava e ajeitava na despensa, a avó novamente erguida e com energia renovada para concluir a investigação dos objetos da casa com minuciosa análise das marcas de dedo deixadas na estante, Fred pensava que aquelas peças refletiam também como cada Valente se fazia de forma particular e distinta, que, apesar das histórias de vida tão diferentes umas das outras e das formas tão exclusivas de cada objeto, havia algo que os unia, algo que os identificava, uma fibra ou matéria antiga que se mantinha intacta. Da mesma forma que se rastreava a primeira cerâmica ou pedaço de ferro, quem teria sido o primeiro Valente? Eram um grupo de covardes e, de repente, um se erguera ou simplesmente eram, descobrindo-se valentes quando, pela primeira vez, perceberam nos outros um estranho e constante medo?

  Engraçado pensar assim: mesmo com todas as histórias da família, que por vezes remetiam aos dias em que ainda não se criavam galinhas, nunca ouvira qualquer Valente se questionar quando a própria fama e valentia havia começado. No incalculável número de refeições, da fogueira primordial à grande mesa de onde a irmã retirava a louça, nunca, após um longo almoço repleto de repetições em número primo, um Valente a palitar os dentes erguera o olhar para questionar quem, afinal, o primeiro? Conheciam o primeiro covarde, Aníbal Valente a inaugurar a maldição sobre toda a família, mas ignoravam o primeiro valente. Mencionavam o sangue caudaloso e quente a correr simplesmente desde quando havia homens, as histórias da família desde quando havia estórias, sem jamais um primeiro, aquele que iniciara a fibra que não se desfizera. Será que a Leão sabia?

—Tanto faz o primeiro, Frederico. O importante é que não haja um último. E já para a cama!

Sim, a Leão estava certa. Conquanto não fosse ele o último dos Valente, tanto fazia o primeiro. Talvez nunca se tornasse corajoso como a irmã, capaz de enfrentar cobras ou bichos de penas, mas ainda assim não queria ser um covarde. Algo deveria ser feito! O sangue da família nele estava! A coragem que almejava era algo que deveria com ele morar desde sempre, algo que sentia ou era possível desenvolver? Havia em toda a história um único caso de um terrível covarde como ele que subitamente em si descobrira força e valentia? Claro que sim, o professor Martin Valente, personagem principal de sua história preferida...

Notando Fred a se revirar sem sono, Valentina escorregou do beliche direto para a cama do irmão. Deixe de bobagem, bobão! Pare de rolar nessa cama como uma minhoca assustada! Vamos juntos encontrar para você a maior valentia de todas as valentias, uma história digna de vinte e três repetições num almoço regado com o molho especial da tia Vatela Valente, e o resto será moleza! Esqueça essa história de maldição e a bobagem que o bochechudo do sítio fez o favor de tagarelar. Vou te ensinar toda a valentia do mundo. Está tudo aí dentro! Somos Valente, ora! Amanhã mesmo começamos suas aulas!

Abraçou-o carinhosamente e dormiu ali mesmo, como se juntos de volta ao ventre, a cabeça dela contra o ombro dele e o ronquinho familiar, nos sonhos de valentia que a embalavam certamente já visualizando o momento em que conduzia o irmão à sagrada glória.

Suspirou e, enfim, relaxou. Sim, deveria confiar na irmã. Ela sempre sabia o que dizia e conseguia o que queria. Quem sabe de fato funcionasse: Valentina o ensinaria toda a valentia do mundo, ele desempenharia o maior ato de valentia de todos os tempos e assim o mundo seria deles. E, no futuro, crianças como ele ouviriam a história dos gêmeos Valente, o menino que quebrara a maldição, a tal tão terrível que nem Tata Valente pudera derrotar, os irmãos que livraram a família daquela que os assombrava desde Aníbal Valente, provando ser bobagem o que diziam sobre os gêmeos... Sim, confiava na irmã! Ela estava sempre certa! Mais do que tudo que havia no mundo, Frederico Valente queria ter coragem! Estava ali dentro! Juntos conseguiriam! A bobona estava certa: eram Valente, ora!

Capítulo V

A parte preferida do dia dos gêmeos, sem a menor dúvida, era a caminhada matinal entre a casa da família Valente e a escola nova, dez quadras distante. Apesar dos músculos ainda a despertar, do gosto do achocolatado esquecido na língua e do ar frio a penetrar no espaço minúsculo entre a gola das roupas e o pescoço, aquela era a única parte do dia em que podiam conversar tranquilos, certos de que nem o velho Valente atentava para o assunto alheio, fingindo-se distraído, nem a Leão os interromperia para reclamar do barulho ou da toalha molhada que um dos dois se esquecera de pendurar. Algumas vezes apenas caminhavam lado a lado e em silêncio, outras discutiam em voz alta ou riam forte o bastante para atrair os olhares dos que aguardavam o ônibus, mas nunca precisavam contar os passos em busca do número primo, reparar se havia algum novo bar com sinuca ou elencar qual dentre estranhas receitas era a preferida. Quando Valentina prometeu a Frederico Valente aulas que despertariam a coragem que nele sabia existir, elegeram imediatamente o trajeto entre a casa e a escola como a sala de aula.

Fazia menos de um mês que cumpriam o caminho. Desde a mais simples infância haviam estudado na escola estadual próxima à companhia onde o pai se apresentava, berço da duvidosa educação de toda a família, e o soldado Alberto Valente aproveitava a rotina dos filhos para acompanhar a entrada dos alunos e trocar algumas palavras com os conhecidos. As professoras mais velhas se lembravam, com facilidade, da infância do pai e do tio, a Leão e o Valente formando um jovem e animado casal, e encantavam os gêmeos ao oferecer essas lembranças sem a pretensão das grandes e importantes narrativas da família. Alberto convencendo os meninos a escalar Adoniram para o time de futebol, qualquer posição menos excluído na arquibancada, Adoniram angustiado com o mau desempenho do irmão em matemática, propondo que a nota de ambos fosse somada e dividida. O almoço especial de dia das mães, quando a Leão preparou a receita de frango gelado com gelatina do livro de receitas da tia Vatela Valente e obrigou todos da escola a provar, a corrida do dia dos pais, quando o velho Valente largara antes do tiro e vencera com facilidade — Reflexos rápidos, isso sim! Valentina e Frederico Valente nunca imaginaram nada além de estudar ali por todos os anos necessários até a faculdade. Era parte do destino deles, assim como a casa da família, o sobrenome que deveriam honrar e a terrível maldição, porém tudo mudou após a fatídica feira estadual de ciências, quando, interessados em ganhar o primeiro prêmio e oferecê-lo às tão queridas professoras, cometeram o terrível erro de pedir ajuda ao tio Adoniram.

A escola sediaria, pela primeira vez, o importante evento e os professores exortaram os alunos a conquistar o grande prêmio. O secretário de educação visitou as melhores salas, destacou as conquistas esportivas da escola e o quão bem faria ao quadro de troféus a distinção intelectual. Valentina não tergiversou: inscreveu a si mesma, Fred e mais dois garotos como grupo e, decidida a ganhar, levou todos até o quarto do tio Adoniram, ignorando as reclamações da Leão em relação às visitas — Bisbilhoteiros mirins, isso sim!

Tio Adoniram ficou animadíssimo: interrompeu imediatamente todos os projetos, livrou de entulho metade do quarto, exigiu a presença do grupo todos os dias da semana para garantir o número certo de encontros semanais e os proibiu de contar em voz alta usando os dedos, pois tinha fobia. Se já estavam envolvidos por conta do clima da escola, a febre que dele se apoderou levou junto os garotos, que deixaram de lado todas as outras atividades em prol do sonho de conquistar o prêmio.

Na primeira reunião elencaram projetos, tio Adoniram estimulando-os para que deixassem a imaginação fluir, sem pensar no orçamento ou prazo pois os meios surgem para as grandes mentes! A partir daquele momento poderiam propor qualquer inovação, um processo inteiramente novo ou interessante melhoria de outro, e naquele quarto as possibilidades estavam tão à disposição, os limites tão distendidos, que o dia terminou tendo como único resultado uma pilha de papéis mal desenhados destinada ao lixo.

Estavam um tanto desanimados para o segundo encontro, mas o tio os surpreendeu: trabalhou por toda a noite no material produzido para transformar os descartes em gráficos e estes em números, a série de rabiscos convertida em caóticas expressões algébricas. Colou então o verso dos papéis nas paredes, ali escreveu as expressões repetidas vezes, circulou os números primos e ligou-os uns aos outros num desenho curioso, uma forma que parecia tantas coisas que não parecia nada. Quando o grupo entrou no quarto para o segundo encontro, explicou o processo noturno e apresentou o resultado, dizendo que naquela forma confusa estava a invenção deles: deveriam olhar atentamente e dizer tudo que lhes vinha à mente, das ideias viria o projeto, e deveriam dizer em voz alta, gritando o que lhes ocorresse.

Um achocolatado no qual se colocava o leite, sapatos com pá e vassoura em cada ponta, um gato e um rato acoplados a um pano de chão e produto de limpeza. Começaram tímidos, fazendo-se engraçados, mas gradativamente se envolveram no processo, o olhar fixo na forma, as ideias surgindo e o tom elevando-se, subitamente o grupo contagiado pela febre criativa, por vezes um iniciando a frase que o outro concluía enquanto tio Adoniram a tudo registrava. Uma tinta automotiva lavável, ventilador acoplado ao prato para esfriar a comida, cadeira de balanço para cachorros. Remédios de chocolate, gramáticas em quadrinhos, ferramentas de jardim dez em um, palitos de dente comestíveis! Quadros que falassem, armas de laser, carros voadores! Pararam de gritar invenções quando a Leão bateu na parede, encerrando a rodada numa explosão de gritos. Então aplicaram novamente o método do tio Adoniram, transformando as frases em expressões algébricas, escrevendo-as na parede, circulando os números primos e ligando os círculos enquanto discutiam as invenções propostas. O desenho final parecia uma planária ou a cabeça calva do secretário de educação, porém, enquanto observavam a estranha figura, algo surgiu e os contagiou: deveriam aproveitar os passos rápidos dos alunos na quadra da escola para gerar energia elétrica! Energia limpa, barata e gratuita! Energia cinética convertida em energia elétrica!

  Percorreram com facilidade as próximas etapas: uma maquete da escola destacando os pontos de maior circulação, uma série de polias nas quais os alunos obrigatoriamente bateriam quando circulassem, obrigando-as ao movimento contínuo. A carga positiva em algumas polias e negativa em outras, gerando a corrente a ser capturada pelo gerador e dali distribuída pela escola. Para melhor demonstrar, além da maquete, tio Adoniram construiu, a partir das velhas peças de um bugue, uma das polias magnetizadas, que poderia ser chacoalhada pelos visitantes da feira de ciências para acender um conjunto de lâmpadas que formava a palavra "Valente". Sim, estava pronto! Conquistariam o grande prêmio!

Cumprimentaram-se, brindaram com suco de tamarindo e cobriram ritualisticamente a invenção com um lençol branco. Faltava apenas preencher os relatórios e aguardar, fazer as lições atrasadas das demais matérias e torcer, porém, de repente, maquete e polia pareceram pouco para o tio Adoniram. Podia fazer mais! A invenção pedia por mais! Estava tão empolgado que em segredo, no prazo restante, fabricou mais uma dezena de polias magnetizadas, na confusão do dia da montagem instalou-as nos locais de maior circulação, conectou cada uma e todas num gerador acoplado à caixa d'água, tudo isso enquanto o grupo se confundia entre um câmbio e maçaneta convertidos em capacitor, Valentina sendo a única que sabia usar uma chave de fenda.

No grande dia, no exato instante em que o secretário de educação limpou a garganta para enfim discursar, alguém gritou. Um choque? Uma inundação? Que confusão era aquela? As polias eram movimentadas e, de fato, geravam muita energia, mas sem algo que controlasse a eletricidade gerada o capacitor danificou a caixa d'água, que estourou! Alguns segundos após o alerta anônimo de água nas escadas, bombeiros, polícia e a defesa civil eram clamados a comparecer com urgência: os convidados, entre eles as autoridades estaduais, eram molhadas, eletrocutadas e, no movimento de fuga desesperado, movimentavam as polias, gerando energia e choques dos quais corriam, gerando mais energia e mais choques! Não houve dificuldades adicionais em controlar o público, isolar a área e muito menos em identificar os responsáveis: entre as engrenagens retorcidas do que fora polia, capacitor e caixa d'água, destacava-se o conjunto de lâmpadas formando em orgulhosas letras iluminadas o sobrenome Valente.

Dez dias após a catástrofe, diante do ainda enfurecido secretário de educação, o soldado Alberto Valente não se intimidou. Afirmou que as crianças não haviam sido responsáveis pela tragédia e que o irmão responderia pelo que lhe dizia respeito. Mas estava de acordo que faria bem à educação dos gêmeos prosseguirem no ensino privado, já que a qualidade das escolas públicas diminuíra drasticamente nos últimos anos. Procurou no mesmo dia o antigo conhecido Mata Ratos, diretor do mais tradicional e elitista colégio da cidade, que matriculou no mesmo dia Frederico e Valentina, concedendo-lhes bolsa de estudos integral até a formatura, mencionando a antiga amizade entre as famílias e estabelecendo uma única condição: tio Adoniram não poderia se aproximar de menos de cem metros do perímetro da escola.

— Podemos fechar em noventa e nove metros? Adoniram tem dificuldade com certos números...

Frederico sentiu terrivelmente a mudança de escola, embora os gêmeos ganharam com a proximidade os dez quarteirões diários de caminhada, onde podiam conversar sem serem espionados ou interrompidos, rir alto, brigar em paz e agora desenvolver as prometidas aulas de valentia. Para Frederico Valente fora sem dúvida pior: enquanto Valentina rapidamente se impunha na nova escola, mostrando quem era e a que viera, ele sentia que jamais poderia gostar daquele novo lugar.

Poderia começar pelos professores. Havia dois por sala, às vezes três e, como o número de alunos era muito menor, prestavam atenção em cada um, o que era horrível. Se na escola velha Frederico podia abrir o caderno e desenhar distraidamente enquanto compostos químicos flutuavam na lousa, agora era a todo tempo instado a perguntar, responder, opinar em voz alta, participar de duplas e grupos, além das infinitas atividades extracurriculares, quando eram levados ao cinema, biblioteca, fazenda ou laboratórios instalados no interior da escola. Não tinha um instante de sossego com aqueles professores super animados, dispostos e nele interessados no limite da chatice.

Outro problema eram os garotos... Na escola velha Frederico Valente e os meninos se conheciam desde sempre. Acostumados cada qual com o outro, os velhos garotos riam com ele das mesmas bobagens, dividiam os mesmos segredos pouco importantes e repetiam as mesmas histórias engraçadas sobre os mesmos professores. Agora havia um grupo chato de oito garotos que dividiam desde a pré-escola os títulos de uma sociedade secreta. Como também moravam no mesmo residencial, construído em novo local após a artimanha do velho Valente, estavam juntos na escola, nas piscinas e quadras exclusivas e dispensavam a companhia de Frederico Valente. Não o convidavam para os grupos, ignoravam o que falava, não riam das gracinhas dele, fechavam a cara quando ele ria e só o admitiam no futebol se aceitasse jogar no gol. A única possibilidade de amizade era o menino repetente que comia cracas de nariz e se instalava no outro gol durante os jogos, mas Frederico o dispensava. E foi justamente esse grupo de garotos que, nos primeiros dias de aula, testemunhou Frederico Valente, farto das histórias da família e de tudo que envolvia ser um Valente, dar um gritinho — um gritinho com voz fina diante do terrível pombo cheio de penas grudentas! — naquele que se tornara o pior dentre todos os dias de sua vida... Quais eram as chances de gostar da escola nova?

Valentina, contudo, gostava. Quando no almoço a Leão ou o velho Valente paravam de falar, contava animada o que aprendera, que lugares visitara, algo engraçado que alguém dissera. À noite, no colo do pai, vendo-o pentear o bigode com três dedos, agradava-o falando bem do colégio, reclamando apenas de um menino grudento que a seguia por todas as partes. Contou também que tivera problemas com uma aluna: a tal se referira a ela como "a menina nova com cabelo de vassoura" e todos riram e apontaram. Não ficaria impune: na volta do intervalo, Valentina despejou meio tubo de cola na cadeira da garota e disfarçou a armadilha postando-se em frente, dizendo que agora ela quem sentaria ali. A menina a empurrou e se sentou num só golpe, cantando vitória, mas, na chamada da aula seguinte, Valentina anunciou o feito ao interromper o professor: Número sete, aquela que está com a bunda colada na cadeira. Em delírio a sala assistiu a menina atinar num repente, tentar levantar até rasgar a calça e deixar a sala chorando. Vingada, Valentina compareceu orgulhosa à sala do diretor Mata Ratos para explicar que não se arrependia nem pediria desculpas, e ouvir um pedido de moderação em nome da amizade que unia os Valente e os Mata Ratos:

— Duas coisas muito engraçadas, Fred. Primeiro que só precisei de meio tubo de cola para fechar a boca de toda a sala. Se tivesse gastado o tubo todo, deitariam no chão para que eu pisasse sobre eles! E, a segunda, o tal diretor Mata Ratos, sempre falando da amizade com os Valente, enquanto nas histórias dos Valente sempre consta um Mata Ratos fugindo amedrontado, trapaceando ou traindo...

Após o pior dia dentre todos os dias da vida de Frederico Valente, quando descobriu o tão terrível e que sempre soubera sobre si, agarrou-se às aulas de valentia da irmã como a tábua de salvação. No primeiro dia, enquanto caminhavam, disse que faria de tudo, prometeu se esforçar, jurou em voz alta que um dia todos os Valente do mundo ouviriam falar sobre como os gêmeos Valente formaram um pacto numa manhã fria e ali iniciaram um caminho de coragem até romper a terrível maldição. Ali, Frederico Valente jurava!

Valentina o demoveu da ideia de selar o pacto com um corte no dedo, pois, em segredo, temia que o irmão desmaiasse e pusesse tudo a perder: um aperto de mão e estava feito. Seria muito mais fácil do que Fred imaginava, ele era um Valente e nele habitava a suprema coragem, o poderoso e caudaloso sangue dos Valente corria em suas veias, bastando despertá-lo.

— Confie em mim, Fred. Maldições são bobagem. Você só perdeu a coragem por aí...

Capítulo VI

Apesar de nunca haverem reparado e se julgarem distintos em absoluto, havia muito em comum nos gêmeos Valente. Quando estavam cada qual diante de um prato, perdidos em pensamentos de coragem e covardia enquanto o velho agitava os braços para recontar alguma história, terminavam juntos a refeição, sem perceber que mastigavam simultaneamente contrariados as mesmas ervilhas tortas com gosto de cereja. Nos times mistos de futebol da velha escola, com frequência trombavam ao pretenderem a mesma jogada, e nunca um dos gêmeos conseguia marcar contra o outro pois adivinhavam a direção da bola um instante antes do chute. As mesmas questões certas e erradas nas provas — colavam? —, no mesmo horário adormeciam e despertavam, exceto quando algo os atormentava. Tio Adoniram reparava no ritmo comum dos gêmeos e certa vez dissera que eram dois relógios, perfeitamente ajustados, mas girando em direções opostas, comentário sumariamente ignorado: Valentina e Frederico Valente se viam apenas em coragem e covardia, quesito no qual eram definitivamente opostos. Caminhando todos os dias dez quarteirões até a escola nova, indiferentes aos passos na mesma velocidade, concentravam-se em tornar Fred um Valente tão valente que assombrasse o mundo: nada mais importava!

— Eu falo, você ouve. Nada de se lamuriar, certo?

A irmã decidira, em primeiro lugar, falar sobre maldições. Não passavam de bobagem e, para demonstrá-lo, escolheu a história do quase casamento da Leão, narrativa que escutara sozinha e uma única vez em meio a terríveis divergências entre os avós. Eram outros os tempos, lembrados na cumplicidade dos olhares trocados entre os que o viveram e no sorriso saudoso das linhas de bonde, do vestido obrigatório para as moças e a gravata sem a qual os rapazes não eram admitidos nos bailes. O velho Valente, jovem, encrenqueiro, galanteador, terror das boas famílias, ladrão de carros por pura diversão e sucesso das festas em que não era convidado, mirou a Leão na rua e subitamente deslumbrado quis saber quem era. "Esqueça, Valente. Está de casamento marcado e é mais brava que um leão". Ignorou o conselho, decidido que um Valente e um leão formavam um belo casal: investigou a moça e a origem do apelido, cunhado pelas irmãs quando aos doze anos a avó já mandava na casa e se dizia, a meia voz, "quero ver se o leão vai deixar", "pede para o leão". O velho Valente cobrou dívidas de jogo e de briga e as converteu em anônimas entregas diárias de flores; um escândalo quando descobriram não serem enviadas pelo noivo! Voltava despreocupado para a grande casa da família Valente, o dia raiando, as roupas sujas e um tantinho embriagado, quando foi nocauteado: a Leão acertou-o com a bolsa cheia de pedras, enfiou-o no carro auxiliada pela vizinha e o sequestrou para casarem escondidos, abandonando o noivo para roubar o velho Valente. Enquanto escutava a história, Fred facilmente imaginava a irmã fazendo o mesmo...

— Ainda está aí, Frederico? O que eu acabei de dizer?

Desculpou-se e ela repetiu: Maldições familiares eram bobagens, escritas para serem quebradas e era justamente o que a história do casamento dos avós demonstrava. Por que a Leão decidira nocautear e roubar o velho Valente em vez de romper o noivado e aguardar um pedido? Porque, na antiga família dela, uma maldição rezava que geração sim, geração não, a filha mais velha, de casamento marcado e convites distribuídos, era roubada. A Leão estava de casamento marcado com o industrial Mata Ratos, dono da fábrica de inseticida, que diariamente aceitava convite para um conhaque em companhia do pai. O enxoval estava pronto, as iniciais de ambos bordadas nos lençóis pelas irmãs, que maldosamente haviam colocado um "L" como a inicial dela, mas a maldição a atormentava: como seria possível, faltando três semanas para o casamento, cogitar que seria roubada para casar com um desconhecido? Andava com a bolsa cheia de pedras, disposta a acertar quem a tentasse roubar, afinal não era porque todas as mulheres, geração sim, geração não, haviam sido roubadas, que aconteceria com ela!

Então apareceu o primeiro ramalhete de flores e as irmãs começaram a cochichar, espalhando a notícia do pretendente anônimo para as tias e primas distantes. A maldição se repetiria! A Leão seria roubada! Cochichavam o dia todo, eufóricas! Nervosa, inconformada, no segundo dia puxou o entregador para dentro de casa, pegou-o pela camisa e ameaçou com o peso do ferro a vapor, descobrindo que o pretendente secreto era o Valente, o tal galanteador, beberrão, bonitão, rei da sinuca, das brigas à saída do cinema e organizador de rinhas de galo. Não teve dúvida: recrutou a vizinha, colocou uma pedra a mais na bolsa, conseguiram um automóvel emprestado e, após nocautear o velho Valente, devolveu-o casado três dias depois, quebrando ali qualquer maldição.

— Maldições são bobagem, Fred. Basta coragem e atitude!

Não bastaria a história da Leão para ajudar o irmão. Sim, concordava que maldições eram bobagens e que bastava um ato de imensa coragem para vencê-las. Contudo, era Frederico Valente minimamente semelhante à Leão? Como encontraria a tal coragem que o libertaria? Também sobre isso Valentina falava, tagarelando sem parar, cobrando atenção de Fred a cada caminhada. Pensasse no pai, no tio Adoniram e no velho Valente: Dividiam o sobrenome e a fama, mas eram muito diferentes. O pai era sobretudo honrado, ponderado como nenhum outro Valente, firmando os pés e dando um passo à frente em nome do que era certo. Primeiro aceitava o desafio para depois descobrir como vencer. Era muito diferente do tio Adoniram, cuja coragem estava em levar-se a sério, em aceitar como era e acreditar em si, ou do velho Valente que, com lábia e um taco de sinuca, julgava-se capaz de vencer qualquer um. O que havia de comum entre os três? A fé em si, Fred! Precisava descobrir onde estavam as próprias habilidades, conhecer a si mesmo e desenvolvê-las ao limite, ter confiança no que era capaz para encontrar o nome que carregava. São únicos os caminhos pelos quais a coragem de cada um se faz. Para descobri-los, observasse as próprias habilidades para saber quem era e levar-se ao limite. Isso traria a imensa fé em si, e esta o faria um Valente capaz de subjugar qualquer maldição!

Quando era muito nova, antes mesmo de aprender a ler e escrever, Valentina assombrara ao irmão, colegas de sala e meninos broncos e brutos da rua de cima com um ato de suprema coragem. Havia uma caixa d'água nos fundos do terreno da escola, acessada por minúscula escada enferrujada, e os meninos se desafiavam, antes da formatura, a subir e riscar o próprio nome no ponto mais alto, equilibrados entre o barulho das máquinas e a imensa queda. Eram rapazes já com uma sombra de bigode sobre os lábios, três vezes a idade e quatro vezes o peso da irmã, e todos tremiam ante o desafio cumprido por Valentina num dia qualquer, degrau por degrau escada acima, concentrada apenas em colocar pés e mãos no lugar certo, apenas uma escada rangente e prestes a desprender-se, uma escada como qualquer outra, apenas uma escada mais alta, com mais degraus e todos finos e escorregadios, apenas uma escada muito mais alta, muito muito mais alta... Uma vez lá em cima, orgulhosa do grande número de cabeças a ela inclinadas e boquiabertas, pegou o prego especialmente posicionado e, sem saber escrever, desenhou uma casinha. Aquela era Valentina e na coragem habitava. Desceu orgulhosa, calando todos os garotos, e combinou com Fred de não contar nada em casa: sabia que a história o diminuiria diante da família, e para ela bastava saber que era capaz.

— Sabe por que fiz aquilo, Fred? Para me conhecer. Eu sabia que era só uma escada e que poderia muito bem subir ali, mas queria saber se minha mão tremeria, se ficaria toda suada ou se meus joelhos fraquejariam: nos limites, nos conhecemos melhor. Por isso foi importante para mim. Você precisa de algo assim. Uma prova de valentia. Encontrar um limite pessoal e superá-lo. Por que não voltamos lá e você sobe na caixa d'água?

Fred tinha medo de altura, e a ideia o apavorava ainda mais do que os bichos de penas. Tremia só de se imaginar chegando lá em cima, só de se imaginar pisando no primeiro degrau! Além disso, e se chegasse lá em cima e uma pomba pousasse nele? Seria terrível! Entendia o ponto da irmã e concordava: encontrar um limite pessoal e superá-lo, descobrir as próprias habilidades, desenvolvê-las, levar-se ao limite para conhecer-se. O que afinal sabia fazer direito? E se não tivesse habilidade nenhuma?

Além dos conselhos e narrativas, nas caminhadas diárias de dez quarteirões em que a irmã tagarelava cobrando-lhe concentração, Valentina decidira passar-lhe uma série de conhecimentos práticos, úteis caso uma situação que exigisse coragem surgisse diante dele. Deveria pensar, também, de verdade, nas histórias dos Valente, inspirar-se, encontrar a si mesmo nelas, conhecer-se. E por fim, todos os dias diante do espelho, afirmar a própria valentia, dizer que seu nome era Frederico Valente, o mais valente dentre os Valente, e que o mundo o aguardasse!

Valentina lembrou a história de Nero Valente, que apagou o imenso incêndio que consumia Roma, pensando que, caso algum laboratório pegasse fogo, Fred poderia agir salvando a todos. Explicou-lhe que o extintor de pó químico deveria ser usado nas instalações elétricas e o de água pressurizada nas demais formas de fogo; que deveria dirigir o jato à base do fogo e objetos inflamáveis; que, na falta de um extintor, poderia usar um pano ou areia para cortar os elementos principais do incêndio: oxigênio e combustível. Falava com frequência também em Jonas Valente, o homem que engoliu a baleia, ensinando Fred como agir se um animal selvagem o surpreendesse ou mesmo um cachorro ensandecido. Era o caso de abrir os braços para parecer maior para o bicho, bater palmas, gritar, olhar nos olhos do animal com a firmeza dos Valente: o bicho deveria sentir que a fúria estava nele, sentir no modo de olhar a capacidade de trucidar!

Por fim e como sempre, Tata Valente, o mais valente dentre os Valente, poderia servir-lhe de exemplo. Deveria pensar todos os dias em Tata Valente, que derrotava antes do café da manhã uma centena de adversários. A fúria no olhar servia também para vencer os garotos: Uma boa briga se vence antes do primeiro golpe, Fred! Valentina demonstrou-lhe uma série de golpes e truques que o ajudariam a vencer qualquer briga. Os segredos eram exprimir fúria, simular o ataque e bater primeiro. Sobre a fúria já falara, o olhar capaz de trucidar! Iniciada a briga, deveria simular um soco abaixo da linha do peito com a mão mais fraca para, em seguida, acertar o oponente com a mão boa e toda a força do mundo, debaixo para cima, no espaço entre o nariz e a boca. Ali era o alvo! Se acertasse ali, jorraria sangue e a briga terminava, sagrando-se vencedor. Treine, Fred, imagine-se como Tata Valente! Olhar de fúria, a fúria de todas as fúrias, um movimento falso e outro fatal. Você não precisa ter medo de ninguém!

Caminhada após caminhada, um passo de cada vez, Fred sentia a confiança crescer dentro de si. Não apenas deixara de rir e negar com a cabeça quando a irmã dizia saber que ele era valente e bastava libertar a coragem que nele habitava, como aumentava dia após dia o volume da voz quando diante do espelho afirmava a própria coragem, cara fechada e punhos duros, treinando a expressão da fúria. Deitado na cama, antes de dormir, ou na escola, quando os professores se cansavam de cobrar-lhe participação, imaginava-se como personagem das histórias da família, cena a cena personificando os mais valentes dentre os Valente, vendo-se dar um passo à frente quando os outros recuavam e desafiar ante o temor generalizado. Em algum lugar algo brotava, algo timidamente crescia dentro dele... Era um Valente, maldições eram bobagem, treinaria, se conheceria, desafiaria os próprios limites e triunfaria sobre qualquer maldição ou adversário. O nome de Frederico Alberto Valente seria repetido pelos séculos dos séculos!

Interrompeu subitamente a irmã, na metade do caminho entre a escola e a casa, justamente para dizê-lo. Acreditava que ela o colocara, nem sabia como mas agradecia, nos trilhos da coragem, e agora no caminho certo seria questão de tempo até conquistar o objetivo. Era mesmo questão de fé em si, descobrir as próprias habilidades, conhecer-se perante um limite e vencer. A vitória sobre si traria a vitória sobre o mundo! Era um Valente, descendente direto dos grandes e bravos Valentes da história: talvez outros tantos tivessem passado pelas mesmas dúvidas e conflitos e, auxiliados pelas histórias da família, triunfado. Por isso as histórias eram tão importantes! Valentina, tudo agora faz sentido!

As ponderações empolgadas de Frederico Valente foram subitamente interrompidas por um grupo de pombos, que num rasante ensandecido quase esbarraram em sua cabeça para disputar algum alimento esquecido na calçada. Imediatamente parou de falar, o sangue escapou-lhe da face, e com o coração acelerado e mãos suadas correu em disparada, os lábios tremendo em absoluto pânico. Talvez o destino, talvez uma simples coincidência, um pouco de milho sobre o calçamento e a fome a movimentar a natureza, mas num instante toda a teoria despedaçada, toda a esperança esquecida e a tristeza restabelecida no peito. Corria na velocidade permitida apenas aos covardes, tão certo quanto sempre que não havia palavras bastantes para vencer a maldição que o assombrava. Recuperou o fôlego apenas quando em frente à casa, as costas contra a enorme porta para num gesto comunicar à irmã que desistia: cada um era quem era e Frederico Alberto Valente era um covarde! Pombos! Pombo Valente! A tristeza era tanta que, sem caber no peito, escapava em espasmos pela garganta...

Capítulo
VII

Estivesse na escola, Frederico Alberto Valente estava infeliz. Estudar em dupla com o garoto repetente que comia cracas de nariz, misturar líquidos no laboratório de química, guardar o gol na partida de futebol eram as melhores partes, não compensadas por dele debocharem a todo instante, zombando com o sobrenome e a maldita história do pombo — Pombo Valente! Não gostava de ninguém, ninguém gostava dele e os esforços simpáticos dos professores para o enturmar só pioravam as coisas. Por que afinal dera aquele gritinho, quebrando o silêncio com um chilique? Seria preciso outra vida para que esquecessem...

Apesar do enorme esforço da irmã, da inabalável disposição e fé no futuro dele, no caminho entre a casa e a escola sentia-se sobretudo pressionado, travando batalha na qual fatalmente seria derrotado. Algo brotava dentro dele, uma fé em si ao pronunciar diante do espelho o próprio nome, o olhar e punhos mais rígidos a cada dia, mas aquelas terríveis pombas lembraram-lhe que não bastavam horas e horas acreditando-se corajoso para sê-lo. Valentina repetira e repetira que, além da fé em si, era preciso descobrir as próprias habilidades e ir ao limite para se conhecer: o que faria, se não era bom em nada além de mascarar a própria covardia? De algo adiantaria levar essa habilidade ao limite? Se na escola era sobretudo solitário e infeliz, nos dez quarteirões do caminho sentia-se exausto, pressionado a desempenhar um papel que não era o dele...

O resto do dia eram as refeições nas quais o velho Valente contava empolgado uma velha história, chacoalhando o braço cheio de pelos brancos sobre a comida e elevando o volume cada vez que a Leão tentava corrigi-lo. Repetiam-se as receitas especiais da tia Vatela Valente, colhidas do livro em latim encontrado sob o assoalho, toda segunda-feira salsicha alemã com molho agridoce de quiabo. Repetia-se o tio Adoniram ingerindo os alimentos conforme os números primos, nos piores dias relacionando o número de grãos no prato com o dia do mês, a quantidade de dias do ano e seus dias de vida em escala Fibonacci para decidir entre deglutir quarenta e sete ou cinquenta e três grãos de feijão. Repetia-se a ausência da mãe, sobre a qual ninguém falava... Triste e sozinho na escola, pressionado no caminho, cansado de ser um Valente, de conviver com os Valente, de cada um dos que o rodeavam em histórias, gritos, pelos desprendidos do braço e cálculos amalucados... Às vezes era tão grande a vontade de fugir de tudo aquilo, dobrar a esquina na direção errada e caminhar enquanto houvesse pernas... Às vezes... Que a Leão nunca tivesse nocauteado o velho Valente, ou o pai conhecido a mãe, essa sim a maldição!

Naquele terrível ano em que Frederico Valente vivera o pior dentre todos os dias de sua vida, quando dera um gritinho — um gritinho com voz fina! — ante um pombo e se descobrira covarde, amaldiçoadamente responsável por cada infortúnio sofrido por cada Valente, naquele terrível ano em que perdera a escola que tão bem o tratava, no qual o caminho para casa tornara-se exaustivo e cada refeição um sacrifício, o único refúgio era o quarto do tio Adoniram. Finalizado o almoço (e dizendo-se almoço todo aquele matematicar), o tio invariavelmente afirmava ter muito trabalho pela frente e acelerava escada acima, atrasado para si mesmo. Retirava o lápis do bolso, apontava-o freneticamente e dispunha-se a escrever em alguma das paredes do quarto, sem se incomodar com a cotidiana presença do sobrinho.

Em outros tempos, Frederico Valente só se punha recostado numa das paredes do quarto do tio, evitando incomodá-lo, quando estava metido em confusão. Se o pai recebia um bilhete da escola denunciando uma malcriação, se a Leão buscava-o enfurecida pela comida deixada no prato ou um dos meninos broncos e brutos da rua de cima com ele se indispunha, o quarto do tio Adoniram era o refúgio ideal. Tio Adoniram tinha hábitos tão estranhos que as pessoas evitavam falar-lhe, olhar-lhe nos olhos e não raro mudavam de calçada ante os passos desengonçados na direção contrária, o que só contribuía para tornar o quarto excelente refúgio, o melhor possível para Frederico Valente e seu lugar preferido agora que todos os outros haviam se convertido em tristeza e opressão. De raramente frequentado num tempo anterior, refúgio de que gostava entre tantos lugares, o quarto do tio Adoniram tornara-se a própria casa, o espaço que evitava deixar mesmo para acompanhar a irmã.

Não se podia caminhar pelo quarto. Não que houvesse uma proibição explícita, mas tio Adoniram se entregava a regras tão específicas para ali se deslocar que Fred escolhia sentar no chão próximo à porta e estar tranquilo a observar. Lá estava o aspirador de pó em corrente alternada que há uma década garantia noites bem dormidas na simulada companhia do pai e, também, escritas nas paredes, as fórmulas utilizadas nas invenções criadas pelo tio. Pedaços de invenções desmontadas e remontadas espalhadas pelo quarto — as rodas dos patins movidos pela energia acumulada dos espirros, especialmente desenvolvido para os alérgicos, um motor a biomassa acoplado a uma latrina, invenção que propunha economizar combustível por meio da baixa qualidade dos restaurantes de beira de estrada a que se obrigavam os caminhoneiros — nas quais o tio Adoniram tropeçava se desejava ir da porta à janela, cumprindo um estranho caminho que o obrigava a tocar em três cantos e dar treze passos.

No centro do quarto, uma pilha de livros formava a mesa de trabalho, todos com número primo de capítulos e, sobre esta, dispunham-se as contas e avisos definitivos de cobrança que tio Adoniram mantinha juntas e perfeitamente alinhadas, preocupado apenas que fossem em número par para se anularem. Tio Adoniram aceitava qualquer empréstimo oferecido, a qualquer taxa de juros, sendo tão disputado pelos operadores de crédito quanto evitado pelos cobradores, ambos enxotados pela Leão sob chuva de impropérios e perdigotos. Tudo que o tio recebia era revertido nas invenções, absolutamente convicto de que quem tudo oferece, tudo conquista, porém, como nenhuma invenção atingia o citado estágio comercial, as dívidas se acumulavam em dezenas de cartas que pareciam não se anular.

A única exceção na sequência de déficits, dívidas e desastres que Frederico Valente diariamente acompanhava fora a grande invenção do tio Adoniram, um brilhante eletrodoméstico que uma década atrás partira da mente confusa do tio para todos os lares do país. Contava o velho Valente que a Leão precisava de bananas para incrementar o molho de tomates e tio Adoniram as colhia imaginando um algoritmo que explicasse a quantidade de frutos em cada cacho. Num repente, bananas e bananeira desabaram sobre ele, derrubando-o no chão e desobstruindo-lhe a mente: o mundo precisava de um descascador de bananas portátil! Como puderam viver tanto tempo sem tal maravilha?! Subitamente iluminado, foram quatro dias e três noites de insônia para desenhar as engrenagens que ainda enfeitavam uma das paredes e sete semanas para formalizar, patentear e vender a invenção, prontamente adquirida em cheque e contrato pelo industrial Mata Ratos. Ninguém sabia o que fora feito do cheque, o contrato terminou esquecido numa gaveta e tio Adoniram em êxtase dissertava diariamente sobre os números primos, causa da sorte e sucesso daquela aventura.

A felicidade acabou quando a primeira propaganda do eletrodoméstico chegou ao rádio da família: uma única peça custava mais do que tio Adoniram recebera pela patente! O velho Valente foi até a fábrica em busca de uma revisão nas cláusulas ou algumas unidades grátis, mas foi impedido de entrar pelos seguranças. Furioso, desafiou o industrial Mata Ratos para um vale tudo no bilhar, para a maior aposta de todos os tempos nas rinhas de galo, para uma partida de dominó sem limite de aposta: ignorado, telefonou para os irmãos que outrora aterrorizavam as boas famílias da cidade com roubos de carros e brigas na saída do cinema — era o dia da desforra! —, mas todos se declararam exaustos pelo trabalho, em dívida com o banco e com a família para assumirem o risco da aventura. Se nos pegam quebrando máquinas, nunca mais trabalhamos, Valente! Roubei a noiva dele e agora vou levar o resto, covardes! Contam por aí que, na verdade, ela quem te roubou, velho! Vocês envelheceram para se converterem num bando de galinhas, covardes!

 Tentou incendiar a fábrica e terminou preso, liberado após dar ao juiz a palavra de honra que esqueceria a história de uma vez por todas, o que não conseguiria cumprir. Reduzia a velocidade do automóvel quando passava em frente à fábrica, recontava constantemente toda a história, enfurecido quando Alberto Valente afirmava que a venda fora legalmente executada e amparada em contrato — Você agora é advogado? Quando leu o contrato e descobriu que a única exigência do tio Adoniram fora que o preço do produto fosse sempre um número primo, perguntou-se se errara na criação dos filhos, porém, quando Alberto procurou o diretor Mata Ratos, filho do industrial charlatão, em busca de uma bolsa de estudos para os gêmeos, teve certeza que sim, falhara terrivelmente.

 Quando o tempo e a vida sabotaram Frederico Valente, perdida a escola, a mãe, os pequenos prazeres e a fé de que o destino lhe reservava algo maior, o quarto do tio Adoniram e a confusão que dele emanava tornaram-se a casa onde habitava, único local no qual, sentado junto à porta, podia relaxar os músculos e descansar. Todo dia cogitava aproveitar o tempo ali para entender as inequações, conteúdo impossível das aulas de matemática, mas preferia apenas estar. Não era possível afirmar que de fato conversava com o tio Adoniram, talvez cada qual conversasse consigo mesmo por horas e horas seguidas, mas Fred adorava, partindo dali somente quando a Leão ameaçava buscá-lo em puxões de orelha, a irmã o obrigava a acompanhá-la em alguma aventura ou o tio adormecia ainda de pé, lápis suspenso em posição de ataque, o rosto contra a parede e sujo de grafite.

No dia em que em revoada os mais terríveis e horríveis pombos da cidade atacaram Frederico Valente, frustrando a fé que lentamente nele crescia em relação à própria coragem e destino, contou ao tio os tormentos que o afligiam. A coragem, a covardia, as infindáveis histórias da família, a valentia a germinar, a melhora, o treino para no fim um maldito grupo de pombos o devolver à covardia de onde nunca deveria ter saído... Fred falou e falou até sentir a garganta raspar, mas tio Adoniram permaneceu em silêncio, escrevendo como se em outra dimensão, uma mão a coçar os cabelos provavelmente sujos, a outra dedicada aos rabiscos e anotações. Será que escutara? Deveria repetir mais alto?

— Eu também fugiria de pombos. Detesto pombos. Existem pelo menos cinco doenças catalogadas cujo transmissor é o pombo. Alguns países tentaram exterminar os pombos, mas essa praga voltou. Mesmo caso das moscas e baratas. Virtualmente indestrutíveis, presentes em todos os ambientes do planeta. Nem a radiação poderia eliminá-las. Sabia que até nos ônibus espaciais encontraram moscas e baratas? Ouvi falar de um professor que fazia tanta sujeira que o chamavam de pombo, mas nunca conheci ninguém apelidado de mosca ou barata, felizmente. Barata e Mosca são sobrenomes e apelidos comuns. Curioso nunca ter conhecido algum, ter ouvido falar de um pombo, ter um sobrinho atacado por pombos e não por moscas e baratas. Preciso cuidar para não ganhar esses apelidos, Adoniram Mosca, Adoniram Barata... Terrível... Aliás, não lembro se tomei banho hoje...

Certamente não tomara, mas Fred nada diria. Em cálculos o tio descobriria: Comi hoje setenta e três grãos de feijão e cento e quarenta e três de arroz, multiplicando ambos pelo dia da semana e dividindo pelo do mês, não, não tomei banho! O tio empiricamente cheirava o sovaco enquanto Fred seguia com o próprio lamento: Só queria ser como qualquer um dos outros, o pai, a Leão, o velho, a irmã... Sentia que, se não encontrasse a própria coragem, nunca seria nada! Estaria condenado ao esquecimento, a sombra da irmã, a uma vida indigna de uma única história da família, justamente as histórias que não aguentava mais escutar...

O tio continuou se cheirando por alguns minutos, detido nas axilas como um gato em busca dos vestígios de outro gato. Abriu então os olhos, riscou afoito toda uma seção da parede, bateu na testa e recomeçou a escrever. Fred já bocejava quando o tio disparou, em volume muito mais alto que o necessário:

— Já te contei como voam os pombos? Ossos ocos, aerodinâmica favorável e impulso. Agora, poderia um pombo voar em ar rarefeito? O que aconteceria se soltássemos pombos de um balão na estratosfera, você acha que eles voariam ou cairiam? Nessa linha de preferir ser outro, alterar quem somos, seria possível alterar a densidade do corpo humano para que voássemos? A aerodinâmica é perfeitamente alterável por meio de um traje e o impulso é amplamente conhecido. Se só nos faltam ossos ocos, estamos a um passo, Fred!

Apesar de só se sentir em casa quando no quarto do tio Adoniram, frequentemente tinha que deixá-lo: era hora do almoço, a lição de geografia deveria ser entregue no dia seguinte, faltava um jogador no time de futebol da rua de cima, dentes a escovar, hora de dormir ou tomar banho, o sorvete de alho estava pronto, o velho Valente pedia que Fred entregasse um recado — por que nunca usava o telefone? Tio Adoniram deixava o quarto apenas para comer, frequentemente ameaçado pela

Leão com colheradas de grãos não calculados diretamente na boca caso não os acompanhasse à mesa. Nos dias primos ia também ao banco em busca de empréstimos, ultimamente sempre negados, e para tal jornada calçava os sapatos ultramacios que inventara, equipados com três solas de silicone que o obrigavam a um andar desengonçado. Desde que Fred se lembrava, os sapatos ficavam do lado de fora da casa, debaixo da caixa de correio, pois tio Adoniram esperava assim conquistar a simpatia dos carteiros para a invenção. Seria o fim das bolhas e calos nos pés de toda uma categoria profissional!

Valentina falava justamente da persistência do tio em ser ele mesmo, ao fim da caminhada na qual se esforçava para que Fred deixasse o episódio dos pombos para trás, quando dobraram a esquina e, pela primeira vez, não avistaram a caixa de correio e os sapatos que um dia conquistariam os pés de todos os trabalhadores do mundo. Uma dezena de viaturas tomava conta da rua, controlando todos os acessos à casa da família Valente. Simultaneamente os gêmeos estancaram, o sangue a abandonar o corpo e as mãos geladas a se encontrarem: o pai já os contara algumas histórias de policiais atacados durante a patrulha, já abandonara o jantar para se juntar ao batalhão que se dirigia à casa de um ferido, histórias que imediatamente vieram à tona e paralisaram os gêmeos. Algo acontecera e, sem dúvida, algo ruim! Muito ruim! Entre as viaturas passeavam os policiais, a expressão séria, coçando a cabeça, conversando de braços cruzados e voz baixa. Ninguém sorria, ninguém aceitava um café, apenas as luzes estroboscópicas refletidas nas paredes, a centena de policiais quietos, a curiosidade dos vizinhos, as mãos frias e bem apertadas dos gêmeos.

De repente dois homens se afastaram, uma viatura estacionou sobre a calçada e o campo de visão desobstruído revelou um homem alto e magro, a coçar o bigode com três dedos. O pai! Soldado Alberto Valente! Novamente o ar fez caminho peito gemelar adentro, que, respirando, perceberam o não respirar anterior. O pai deixou a companhia dos colegas, adiantou-se e, após abraçar cada um dos filhos, tomou-os pelas mãos, dirigindo-se para o interior da casa, driblando com habilidade viaturas, barreiras policiais e faixas de isolamento. Na cozinha a Leão mantinha o tom de voz elevado, gritando frases que os gêmeos não compreendiam, enquanto o velho se mantinha quieto, sentado no canto a observar pensativo a movimentação excessiva.

O pai atravessou a casa, sentou os filhos na cama e só então soltou-lhes as mãos. Suspirou, olhou demoradamente pela janela, penteou o bigode com três dedos para então anunciar em tom firme:

— Preciso que vocês fiquem aqui e fiquem juntos. O tio Adoniram desapareceu.

Capítulo
VIII

Em todos os casos relacionados ao desaparecimento de pessoas, infelizmente tão comuns nos bárbaros tempos em que os Valente caminhavam sobre a terra, havia dois protocolos a serem seguidos, normas simples que todos os policiais conheciam e pelas quais se pautavam, sem exceções: a pessoa só era considerada desaparecida após quarenta e oito horas, prazo mínimo para início das buscas, e tanto a queixa quanto os depoimentos deveriam ser registrados na delegacia. O prazo fora estabelecido porque muitas vezes, a despeito do desespero da família, a suposta vítima tinha simplesmente se esquecido de avisar aonde ia ou estava fugindo dos parentes, motivo que Frederico Valente entendia perfeitamente. Já a obrigatória condução dos parentes se explicava, nas palavras do pai, pelo fato dos delegados gostarem tanto do café da delegacia que não conseguiam deixar a cadeira. Fosse pelo que fosse, tudo que os gêmeos sabiam em relação ao desaparecimento de pessoas, parte por serem filhos de um policial, parte por conta de todos os filmes e seriados que haviam visto, veio-lhes quando o pai os sentou na cama pedindo união, tranquilidade e força.

Os policiais interrogariam os membros da família e vizinhos em busca de informações, checariam a correspondência, anotações, roupas do desaparecido, os últimos lugares onde esteve, os lugares que costumava frequentar e possíveis desavenças em que se envolvera em busca também de um motivo. Câmeras de segurança, a movimentação bancária, vendedores de passagem de ônibus, funcionários do pedágio seriam interrogados a fim de se estabelecer a rota principal do desaparecido, pois as pessoas só fogem para lugares conhecidos ou que imaginam conhecer.

Contudo, quando se viram efetivamente envolvidos em um desaparecimento e não a se imaginar numa das histórias que o pai contava após a janta penteando o bigode com três dedos, quando os protocolos se aplicavam ao próprio tio e não a outro, os gêmeos perceberam que, na verdade, nada sabiam sobre desaparecimentos e que o trabalho dos policiais era muito diferente de tudo que conheciam a partir das histórias do pai. Começou pelo prazo: tão logo a Leão alardeou o desaparecimento, o soldado Alberto Valente convocou pelo rádio toda a companhia à ação, inundando a rua com uma dezena de viaturas que se propunham a ajudar sem se importar se havia naquele momento alguma ocorrência mais importante que lhes pedia a presença. O soldado Alberto Valente era uma referência na corporação e a família tão antiga quanto a terra! Priorizariam o desaparecimento sobre qualquer outra ocorrência e não seria um protocolo de prazo que os impediria!

Deu-se o mesmo para o registro da ocorrência: era na delegacia que estavam os documentos, carimbos, fichas em duas vias carbonadas e papel timbrado, além do delegado e escrivão. Lá era o lugar certo! Não havia exceções nas histórias do pai. No entanto, enquanto Valentina argumentava que o melhor era se misturar aos policiais para obter mais informações e Frederico insistia na ordem do pai para que se mantivessem ali, ambos ouviram uma voz se elevar e, pela janela do primeiro andar, conheceram a forma arredondada do delegado titular, que acompanhado do escrivão viera registrar a ocorrência na própria casa da família Valente. Impressionante como tudo simplesmente acontece, indiferente o que se sabe, indiferente a impressão de que a realidade se confunde com o sonho!

A primeira a prestar depoimento foi a avó. O delegado aceitou o copo d'água gelada e a xícara de café, elogiou o sabor após exagerada dose de açúcar e quis que todos os familiares deixassem a casa, disposto a controlar o acesso enquanto conduzia o interrogatório. Silêncio: falara sério? O velho

Valente ergueu o indicador permanentemente sujo de giz e afirmou que um homem jamais deixava a própria casa, e um Valente valia por uma vintena de homens! Ou aceitavam a presença dele, ou que deixassem ele mesmo encontrar o filho! Não enfrentara o Mata Ratos, os especuladores, os marinheiros ingleses — seis, e enormes! —, não batera a malandragem ainda não nascida para ser escorraçado da própria casa como se fosse um Silva, um Santos ou um Silva dos Santos!

 O delegado sorriu, tornando ainda maiores as bochechas, o rosto cada vez mais vermelho, porém sem uma gota de suor, uma panela de pressão sempre prestes a explodir: Conhecia a fama do velho Valente e jamais o pediria que deixasse a própria casa. Nenhum homem tinha esse direito e se tratava da casa da família Valente, edificação de onde se dispararam canhões contra os invasores estrangeiros! Contudo, queria pedir um favor ao velho: Que fosse até o bilhar onde era rei e escutasse algumas histórias. Poderia conseguir uma pista importante e ninguém melhor do que ele!

 O velho Valente sorriu: Sem dúvida iria, colaboraria com as investigações, podiam contar com ele como vinte homens a mais na corporação. Terminada aquela rodada de interrogatórios, estaria sem demora no bar e seria o último a sair! A esposa o apoiaria! Conduziu os gêmeos para fora — Nada de subir no forro, espertinhos! —, sentou-se no banco ao lado do rádio de ondas curtas onde há quarenta anos escutava o que não deveria e encarou firme o delegado: os genes de um fitar frio como o aço corriam-lhe no sangue, o urro silencioso a afirmar que na casa a lei o pertencia. O delegado abriu um pouco a boca, talvez estupefato, congelou o olhar sem entender o medo que sentia e baixou os olhos, a testa subitamente roxa para aceitar a presença e a derrota. Naquele momento, sem trocar uma palavra, o velho Valente, o pai e a Leão souberam que aquele homem nada valia e que, como sempre, só poderiam contar uns com os outros.

A Leão contou a história lentamente, tão atenta às próprias palavras em busca de detalhes que futuramente a auxiliariam nas investigações quanto às reações do delegado-cada-vez-mais-vermelho e do escrivão ao sabor do café que preparara: à primeira careta, imediatamente os colocaria para fora e investigaria ela mesma o desaparecimento. Se um Valente desaparecia, cabia aos Valente encontrá-lo, naquele caso uma exceção apenas porque o filho Alberto estava diretamente envolvido no caso e os policiais seguidamente elogiavam o café.

Naquela manhã, acompanhava seu programa de rádio preferido — breves entrevistas com donas de casa homicidas — mergulhando o pão com manteiga no café com leite quando se assustou: O filho Adoniram entrou na cozinha pronto para sair, orgulhosamente trajando terno verde com gravata borboleta, última moda de três décadas atrás e o único que tinha, banhado e perfumado, o rosto cravejado de pontinhos de sangue da barba feita com esmero, pedindo uma xícara de café para despertar e algum trocado para o ônibus.

Ela imediatamente soube que havia algo de errado: O filho Adoniram só acordava cedo ou sequer dormia quando contaminado por uma ideia fixa, o que por si só era bastante perigoso. A escola inundada era o resultado mais recente de uma ideia fixa. Contudo, perfumado e envergando voluntariamente um terno completo era tão terrível quanto inédito! A última vez que usara aquele terno fora no casamento do irmão: Adoniram fora padrinho e reclamara até o último instante que o traje era quente e o incomodava no pescoço, na metade da cerimônia colocara um guardanapo de pano molhado entre o pescoço e o tecido e fugira após a foto com o bolo, passando os três dias seguintes no quarto sem uma única peça de roupa. O terno fora lavado, embalado e condenado ao ponto mais profundo do guarda-roupa, de onde nunca saíra até aquele dia, quando Adoniram voluntariamente acordara cedo, banhara-se e se perfumara para então vesti-lo sem reclamar! O perfume também era conhecido: A fragrância adocicada descoberta seis décadas atrás pelo velho Valente e sem a qual não saía de casa. Ou seja: Adoniram acordara cedo sem auxílio do despertador, banhara-se sem multiplicar o dia da semana pelo do mês em busca do primo perfeito, surrupiara umas gotas do perfume do pai e envergara o odiado terno. Assombrada, sem mais atentar para o programa de rádio ou para o café que esfriava, a Leão soube que havia algo de muito errado!

— E, mesmo assim, deixou-o sair, logo a senhora?

"Logo a senhora"? O que queria dizer com esse "logo a senhora"? Completou a xícara com esforço consumida até a metade pelo delegado e afirmou decidida que jamais o deixaria partir assim! Mas, julgando imprudente simplesmente se colocar entre o filho e a porta, pois queria descobrir onde pretendia ir, elogiou o tão bem feito nó da gravata enquanto servia o café para escutar que aquela peça era uma novidade, o nó estava pronto e bastava subir o zíper, e que ele um dia inventaria um terno completo a ser vestido com o controle remoto. De que serviria essa invenção, a Leão não entendeu, mas há muito desistira de entender aquele filho: O fato é que o rapaz que nunca comprara uma cueca exibia, perfumado, a última novidade das gravatas de camelô. Serviu então um café muito quente, ele beberia devagar revelando a história toda, e anunciou que iria buscar o dinheiro no quarto a fim de alertar o velho Valente. Quando voltou, o filho tinha desaparecido...

— Mais alguma coisa?

— Quando eu estava entrando no quarto, Adoniram avisou que estava atrasado para encontrar o primo astrônomo. Mas eu sei que ele não tem nenhum primo astrônomo. Um Valente... Astrônomo... Onde já se viu? Estava mentindo para mim e ele nunca mente! Algo muito grave aconteceu para ele mentir assim...

— E quanto demorou no quarto?

Não se lembrava e, ruborizada, deu o relato por concluído para analisar demoradamente delegado e escrivão, que simultaneamente registraram suas anotações, a cabeça baixa, os olhos presos no pedaço de papel. Depois, trocou demorado olhar com o filho Alberto Valente, orgulhosa por facilmente perceber que era ele o mais esperto dentre os policiais presentes: o importante era manter os olhos bem abertos, atento a qualquer pista, e não a cabeça baixa a anotar. Pilhas e pilhas de papel anotado não trariam ninguém de volta! Era um alívio saber que havia pelo menos um policial esperto ali, e que este não descansaria até encontrar o irmão. De nada servia a valentia sem um bom par de olhos pendurados numa boa cabeça...

O delegado de súbito bateu o lápis na caderneta: estava estranhamente menos avermelhado, retornando a cor inicial talvez por efeito colateral da ingestão do café. Questionou então a Leão sobre todos os hábitos do tio Adoniram, se fumava — Só uma vez o cigarro eletrônico que inventou e resultou num choque nos lábios —, se bebia — Apenas uma única marca de refrigerante pois o mínimo múltiplo comum dos números da tabela nutricional era primo —, lugares por onde viajara — Jamais deixara a cidade, e nesta preferia a casa, e nesta o quarto onde passava o dia. As contas bancárias estavam sempre bloqueadas por dívidas, as roupas eram sempre as mesmas e poucas (onze meias, sete camisas, cinco calças, três cintos, dois sapatos), nunca usava o telefone, lia os periódicos que recebia pelo correio e não tinha amigos, a pessoa mais próxima era o sobrinho Frederico, que se metia o dia todo no quarto com o tio. A Leão ainda mencionaria a mania de contar os alimentos e registrar as quantidades, as invenções encalhadas e a famosa descoberta mal vendida para o aproveitador, o encantamento por caixinhas de música que tocavam clássicos do cinema mudo, mas o delegado a interrompeu: Queria falar com esse sobrinho que passava os dias com o desaparecido. Que se intimasse a depor o menor Frederico Alberto Valente!

Por ser a primeira e provavelmente a última vez em que se acomodavam naquela cozinha, um tanto impressionados com as antigas paredes de pedra e concentrados demais nos bloquinhos de anotação, os policiais não perceberam o indiscreto som de passos sobre suas cabeças quando intimaram Frederico Valente, movimento que obviamente não escapou a Leão nem ao pai, que trocaram novo olhar. A casa era imensa, antiga, construída e reformada tantas vezes que deixara muitos espaços vazios, entre eles o forro sobre a cozinha. Quando cruzaram a porta, a recomendação do velho Valente para que não fossem ao forro deixou-os livres para escalarem o muro e espionarem justamente através dali. Frederico e Valentina trocaram olhares ante as perguntas à Leão, cutucaram-se nas partes que deveriam ser registradas e se sobressaltaram juntos quando o delegado intimou o irmão. Então, sem precisarem combinar, Fred se arrastou de volta, conduzindo o pé até o muro para saltar e correr até o quarto. Entrou pela janela, sentou na cama apenas alguns segundos antes do pai surgir na porta para buscá-lo, mal disfarçando a respiração ofegante.

    O pai serenamente tomou-o pela mão. Certo de que escutara o depoimento da avó, furtou-se de contar que o delegado queria vê-lo, aproveitando, no entanto, a vintena de passos que separava o quarto dos gêmeos da cozinha principal para orientar Fred a responder apenas o que fosse perguntado e com exatidão máxima. Sim ou não, três dias atrás, às nove horas precisamente, Fred! Nada de acho que foi ontem, mais ou menos às três horas. Não tente deduzir, não invente nada. A polícia precisa de informações exatas. Ali você não será apenas meu filho: será toda a família Valente!

Diante do delegado, o primeiro pensamento de Frederico Valente foi como as narinas daquele homem eram sobrenaturalmente grandes, talvez capazes de comportar uma bola de gude em cada uma. A cor da pele também era curiosa: a testa perfeitamente seca estava arroxeada, num estágio muito superior ao vermelho que o tingia, porém a papada era rosa. Ocupando todo o campo de visão de Fred, o delegado estendeu a mão seca e descamada, sorrindo de modo forçado, mostrando muito uns dentes quadrados, espaçados, mais amarelos do que brancos. Fred analisava se o cheiro daquele homem era uma mistura de açougue com calda quente de caramelo ou de presunto velho frito na frigideira suja, quando a primeira pergunta trouxe-o de volta: Quando vira o tio pela última vez? Era uma pergunta besta, assim como todas que se seguiram e que Fred respondeu de maneira automatizada. Havia algo que o irritava naquele interrogatório e que Fred percebeu apenas na quinta pergunta: o delegado falava com ele de forma infantilizada, colocando a língua entre os dentes para alterar o tom de voz, as sobrancelhas erguidas num sorriso sem dentes. E ele já tinha doze anos! Não era nenhum bebê! Apenas a última pergunta pareceu boa: Se o tio precisasse fugir, para onde iria? Sem conseguir nada que o ajudasse, o delegado ficou um pouco mais vermelho na papada, agradeceu sem mais sorrir e encerrou as perguntas.

Ficou no quarto sozinho, por quase vinte minutos repassando as perguntas e respostas, a reação dos policiais e do pai, pensando que deveria ter dito outras coisas ou as mesmas de outras formas, que deveria ter sido mais enfático em alguns momentos e mais inteligente em outros, contendo a vontade de retornar à cozinha para dar novas respostas por saber ser impossível e quiçá ridículo. Deveria ter se postado de pé, diante dos olhos da família analisado friamente cada atitude do tio e, num raciocínio brilhante, deduzido a exata localização. Imaginava-se dentro de uma viatura, assumindo o rádio sob aprovação do delegado para coordenar as buscas, quando a irmã entrou no quarto e sentou-se muito junto dele, um tanto quieta, um pouco mais ofegante do que pedia a situação: Que se passara?

Quando Fred saiu da cozinha, os policiais conduziram uma nova rodada de anotações, agradeceram o café, cumprimentaram o velho, dispensaram o pai de os acompanhar e saíram. Passaram ao vestíbulo e, acreditando estarem sozinhos, ignorando a estrutura da casa e a irmã escondida pouco acima deles, perto o bastante para ouvir-lhes inclusive a respiração, trocaram algumas gracinhas:

— Fred, anote o que estou dizendo: vamos encontrar o tio Adoniram, juro pelo sagrado coração Valente. Juro e ofereço meu nome! Eles acham que somos uma família bizarra, todos loucos. Chamaram o velho de frango aposentado, chamaram você de mola solta e disseram que o café tinha gosto de chorume. Mas o pior: Falaram que o tio Adoniram deve estar bebendo por aí e logo vai aparecer. Fred! Eles não vão fazer nada para encontrar o tio Adoniram! Pelo tom de voz, percebi que não vão mover um dedo por nós. Tudo isso era um teatro para agradar ao papai! Um teatro!

Muitas vezes Frederico Valente sentira-se nervoso e irritado, o coração bater forte, os dentes trincados. Acontecia sempre que os meninos da escola nova riam dele, quando enfrentava uma situação e se acovardava, mal conseguindo conter a vontade de se esconder de tudo e de todos. Contudo, pela primeira vez em sua vida, sentiu algo diferente, o peito a martelar, os lábios duros, o punho cerrado, mas não com o desejo de fugir e sim com a disposição para enfrentar. Enquanto a irmã narrava a indiferença dos policiais teoricamente responsáveis por encontrar o tio, a falsidade do grupo a elogiar o café e a família e deles rirem um momento depois, sentiu o corpo todo aquecido pelo que se chamava fúria. A fúria! Não haveria força que não enfrentaria, raciocínio que não desvendaria, distância que não percorreria. Ele era capaz. Sim, a fúria! Ninguém gargalharia enquanto a família sofria. Era um Valente, o caudaloso sangue dos Valente corria em suas veias, e bastava este sangue e a fúria para enfrentar quem quer que se colocasse diante dele.

Ia responder para a irmã entre dentes trincados e olhar endurecido, porém a voz do avô elevou-se sobre aquele pensamento, reverberando pelas antigas paredes de pedra. Valentes, apresentem-se! Quando os gêmeos em passo acelerado alcançaram a cozinha, o pai e os avós já os aguardavam, todos sérios. Desta vez nada de histórias, repetições e discussões. Desta vez, a guerra!

Falou o velho: Estava claro para todos que nenhum daqueles policiais faria nada para encontrar o Adoniram. Eram incompetentes e desinteressados. Preencheriam um relatório e esperariam tudo se resolver sozinho. Pessoalmente não acreditava que era algo grave: o filho devia ter se empolgado com alguma coisa e se esquecera de avisar aonde ia, mas podia se machucar ou se envolver em alguma confusão, sem roupas nem dinheiro, vagando por aí, atrapalhado como era. Eis o que fariam: Alberto coordenaria as buscas pelo método tradicional, os demais fariam cada qual ao seu modo, compartilhando as informações. E só se fala sobre isso para quem é da família, certo? Caso seja algo mais sério, ou surja algum problema, só podemos confiar uns nos outros.

— Se um Valente desaparece, cabe aos Valente encontrá-lo. Somos Valente. Isso é assunto nosso!

Capítulo IX

No fatídico dia em que o tio Adoniram desapareceu, não um dia qualquer mas aquele cujos algorismos, dia da semana e mês eram números primos, uma dezena de policiais ocupou a rua, uma vintena de depoimentos foi colhida, uma centena de inúteis letrinhas foi registrada em blocos de anotações. Quando a companhia se mobilizou na busca, a rua desimpedida, subitamente parecendo muito maior, um enorme e solitário vácuo no coração da cidade, os vizinhos se organizaram para apresentar sinceras condolências. Alguns fizeram um bolo, outros compraram uma caixa de chocolates finos (em promoção no mercadinho da avenida por estar próximo da data de vencimento), um terceiro colheu flores do quintal e arranjou com destreza num buquê. Às cinco horas, o grupo se apresentou diante da grande casa da família Valente, cada qual com seu presente, um olhar trocado antes de baterem com a aldrava em forma de punho cerrado: a Leão abriu a enorme porta rangente num golpe firme como se já os aguardasse, disse que não era dia de receber visitas e os dispensou com um movimento da cabeça, batendo a porta tão de súbito quanto a abriu. Caminhou de volta para a cozinha, reclamando com a voz alta o bastante para que fosse escutada do lado de fora, da falta de educação dos que se aproveitavam de um dia triste para bisbilhotar a casa alheia.

De fato fora um dia triste, um dia amargo e estranho do qual os gêmeos se lembrariam enquanto houvesse memória: não se serviu uma única refeição, a fome mal aplacada pelo café frio e biscoitos amolecidos, e os avós ficaram até tarde discutindo cada possibilidade do desaparecimento, a Leão maníaca por detalhar os pormenores, o velho Valente defendendo a necessidade de estar permanentemente pelas sinucas da cidade até que um boato os levasse a desvendar a história toda. O pai não voltou: partiu sozinho na direção oposta à da companhia e sequer passou pela frente da casa até muito tarde, quando deitados na cama os gêmeos lutavam contra o sono esperando que o teto se iluminasse indicando o fim de um longo dia de trabalho do soldado Alberto Valente.

Na manhã seguinte, também não estava: a cama intacta, a xícara de café intocada no canto esquerdo do armário, o banheiro estranhamente livre do cheiro forte do desodorante que o pai descarregava no corpo. Sem que a Leão dissesse uma palavra, Frederico e Valentina Valente trocaram os pijamas pelos uniformes, engoliram um pedaço de pão duro com manteiga, prepararam o próprio achocolatado e foram para a escola, nos dez quarteirões do caminho dividindo o receio de terem perdido, além do tio Adoniram, também o pai.

Não havia pior sensação no mundo do que perder alguém. Os Valente contavam muitas vezes as mesmas histórias — quando Tata Valente fora capturado pelos índios, a vez em que Vercingetórix Valente derrotou o Mata Ratos e defendeu a Gália — porém era justamente as não contadas que tanta falta faziam a Frederico Valente, um vácuo nas memórias em que só o heroísmo mais puro era permitido. Fred conhecia em detalhes a posição dos poderosos exércitos romanos enfrentados pelos Valente, a expressão do velho índio ao reconhecer boquiaberto a coragem de Tata Valente, mas nada sobre o dia em que a mãe fora embora. Lembrava todos os dias do indissipável silêncio, das portas dos armários vazios ainda abertas, lembrava todos os dias do frio na base da coluna pensando que a casa fora roubada, via a si mesmo correndo para a rua para pedir ajuda e encontrando o pai, o pai quieto, sem saber onde colocar as mãos ao proferir no tom monocórdico as palavras que ainda doíam nos ouvidos: Sua mãe foi embora. A mãe foi embora: Sua mãe. Era essa a história que Fred queria ouvir, queria conhecer os motivos, a versão de cada um, o que sentiram e onde estavam cada um dos parentes quando acontecera, porém, na noite em que a mãe foi embora, os Valente se juntaram para jantar e contaram treze versões diferentes dos dedos perdidos de Tata Valente como se fosse este o acontecimento da semana! Perder alguém era a pior dentre as piores sensações do mundo, e não saber nada sobre a perda piorava a pior sensação do mundo: quando tio Adoniram desaparecera, após a fuga da mãe — Sua mãe foi embora! — e ante a ausência do pai infinitamente disposto à busca, lado a lado e em silêncio a caminho da escola os gêmeos Valente dividiam a tristeza de imaginar um futuro solitário, gêmeos aprisionados numa casa tão enorme quanto vazia.

A escola não tornou aquele dia melhor: se todos os abandonassem e fossem os últimos solitários Valente da terra, pelo menos não teriam mais de ir à escola. Os garotos que não sabiam de nada — os oito meninos que estudavam juntos desde a pré-escola e excluíam Frederico Valente e o menino repetente que comia cracas de nariz de qualquer atividade — provocaram-no uma ou duas vezes, ignorando o desânimo e a tristeza tão evidentes. Diziam com voz fininha "dia triste sem pombos no céu" ou imitavam o arrulho horrível dos pombos, mas, com a mão no queixo e os olhos murchos, Fred mantinha-se supostamente concentrado nos esforços dos dois professores de matemática em ganhar a atenção da sala. Pior mesmo eram as meninas, que sabiam o que acontecera e cochichavam olhando Fred. Sorriu uma única vez, imaginando a reação da irmã se as meninas agissem com ela daquele modo. Pobres meninas! Terminariam todas coladas nas respectivas cadeiras...

O dia pareceu melhorar quando o sinal tocou, anunciando o fim do período de aulas. Jogou o material de qualquer jeito na mochila e acelerou os passos na direção da rua — finalmente um pouco de ar fresco! — mas, acompanhado da irmã, o diretor Mata Ratos cortou-lhe o caminho: pelo visto, as meninas da sala da irmã realmente haviam cochichado olhando para ela e mais uma vez não haviam escapado. O diretor pediu com gentileza exagerada que o acompanhassem, gastando todos aqueles verbos e advérbios esdrúxulos que faziam sucesso na aula de português, e os conduziu até a própria sala, da qual fechou a porta e baixou as persianas antes de iniciar a conversa. Visto de perto, o diretor parecia ainda mais feio, o corpo alto e comprido, sob os olhos as bolsas moles e escuras, os ossos do rosto saltados, grandes o bastante sob a pele murcha para revelar o formato feio do crânio dos Mata Ratos. A ciência poderia estudar esse crânio sem dissecá-lo. Agora era fácil imaginar porque a Leão preferira o velho Valente ao industrial Mata Ratos, pai do diretor...

— Antes de mais nada, quero manifestar o infinito apreço que tenho pela família Valente, aqui representada pelos senhores...

Que jeito ridículo de falar! Como era irritante! Falou sobre a longa tradição de amizade e respeito das famílias Valente e Mata Ratos, que pequenos acidentes não abalavam a firme história que os unia — feio e ridículo com a fala empolada! — e insistentemente elogiou o pai, como se todos não soubessem e reconhecessem as qualidades do soldado Alberto Valente. Com a mão sobre a boca e falsa cara de espanto, lembrou-se do tio Adoniram na infância, o quão brilhante sempre fora — Genial! —, quanta sorte para aquela cidade poder conviver com a família Valente, com homens como Alberto e Adoniram Valente.

— Quero que saibam que farei tudo que estiver ao meu alcance para encontrar o tio de vocês. Vejam-me como um amigo: sou amigo de vocês e da família de vocês! Contem comigo! Sei que, para todos nós, será um período muito difícil, mas também sei que é juntos que vamos superá-lo!

Um alívio quando parou de falar: só faltava chorar! Quando Fred concluiu que aquele dia já estava ruim o bastante, o estômago estranho, os ombros doloridos, vinha aquele varapau de pele mole choramingar na sua frente. Só faltava essa! Devia ter dito que os Valente encontrariam o tio sem precisar de ninguém, que qualquer amizade entre as famílias se rompera desde que o pai dele passara a perna no tio, e que nunca mais lhe dirigisse a palavra! Sim, deveria ter dito isso e muito mais, mas apertou a mão do diretor, recebeu um abraço desajeitado e saiu da sala resmungando tudo que deveria ter dito e não disse. Só faltava essa mesmo!

A irmã interrompeu as lamúrias já no segundo quarteirão do caminho entre a escola e a casa. Ambos caminhavam devagar, caçando no mesmo passo pedrinhas para chutar, quando de repente escolheram a mesma, enroscaram os pés e involuntariamente sorriram e se abraçaram: que situação terrível! Falaram então tudo de uma vez, gritando e sem se entenderem, até que alinharam o ritmo das palavras para perceberem que diziam a mesma coisa: precisavam deixar de ser vítimas, abandonar toda a passividade do sofrimento para juntos encontrarem o tio Adoniram, mirando-se no exemplo do resto da família. Se um Valente desaparecia, cabia aos Valente encontrá-lo! O mundo já tinha vítimas o bastante, gente que choramingava à espera de alguém que os salvasse, e tantos canalhas quanto era possível, tipos como o delegado e seus lacaios, que elogiavam um café e uma família para desdizer ainda sob o mesmo teto. Recusariam juntos o papel de vítimas para enfrentarem os que nada valiam!

— Como diz a Leão, formiga e sem-vergonha tem em tudo que é lugar!

Entraram na casa pisando firme, deixaram as mochilas no quarto e engoliram em poucos minutos o almoço que a avó preparara, uma omelete de frango com salsicha que nunca parecera tão boa! Valentina nunca perdera o hábito de sugar o suco, gostava tanto de irritar a Leão que nem percebia que o fazia, mas Fred estava distante daquela disputa. De volta ao quarto, após todas as frases trocadas com a irmã e as categóricas afirmações na rua, sentia-se novamente capaz, novamente imbuído daquela centelha de coragem que nele brotara com as aulas de valentia a caminho da escola e que os pombos haviam posto à prova. Não sabia se a fúria nascia da raiva ante as frases do delegado ou por imaginar o tio em perigo, se a tão importante fúria vinha das palavras da irmã, da falta do tio ou das histórias da família — era um Valente, o caudaloso sangue da família corria em suas veias — mas, sem dúvida, sentia os punhos um tanto mais firmes e o peito disposto. Se um Valente desaparecia, cabia aos Valente encontrá-lo!

— Vamos começar pelo desaparecimento, Fred. Se o dia, o mês e o dia da semana eram números primos, fora um dia escolhido, não aleatório. E você ouviu a Leão contar o quanto tio Adoniram se empetecara, logo ele! Portanto, antes de mais nada, precisamos descobrir aonde ele ia e o que o deixara tão animado... E essa história de primo astrônomo é bobagem, alguma invenção do tio para despistar... Que tal olhar bem aquelas paredes onde o tio escrevia o dia todo e procurar algo diferente? Tenho certeza de que ele anotaria nas paredes o compromisso, e ninguém melhor para descobrir isso do que você, que passava o dia todo enfiado lá...

Moveu a cabeça afirmativamente, concordando com a irmã ao lembrar que o tio anotava tudo, desde uma ideia nova e interessante até o que sonhara e o número de grãos ingeridos no dia. Não era possível que não tivesse registrado tudo sobre um compromisso que tanto o empolgara... Visualizava mentalmente o quarto, imaginava qual das paredes ou qual dos cantinhos o tio escolheria para registrar um compromisso importante, tentando lembrar se o vira alguma vez marcando data e local de algum evento, quando o som pesado da porta aberta ecoou por toda a casa, acelerando o coração dos gêmeos: o pai chegara? Suspiraram juntos, desanimados ao escutar em tom elevado a voz do velho Valente, que adentrava a casa no meio de uma discussão com a Leão. Talvez apenas prosseguissem numa mesma discussão que já durava cinco décadas...

—Velho sem-vergonha! Usando o filho desaparecido como desculpa para rosetar...

Ele se defendia evocando as poderosas linhas de comunicação baseadas na fofoca, o infinito poder de observação dos vagabundos, o conhecimento empírico das esposas que semanalmente percorriam a cidade em busca dos maridos bêbados, os ouvidos falsamente distraídos dos garçons dos botecos sórdidos onde se planejavam os piores crimes...

— E o perfume grudado nessa camisa? Velho sem-vergonha! Usando o filho desaparecido para cair na farra!

Tudo pelo bem da família. As moças de má reputação, tão íntimas dos piores tipos da cidade, dispostas a ajudar em troca de um pouquinho de educação e um ou dois galanteios. O conhecimento e a fama que tinha no submundo da cidade eram uma vantagem estratégica: Devia aproveitá-lo ao máximo na busca pelo filho. Um sacrifício que faria pela família...

— O próprio diretor Mata Ratos concordou comigo. Foi até a sinuca, aceitou a aposta e disse que o Adoniram desapareceu justamente no dia dos primos. Quer ajudar, ofereceu uma visão científica do caso, fez mil perguntas e queria vir aqui ver o quarto...

— E o que você disse?

— Que era um assunto dos Valente, que estava naquela sinuca a pedido da minha esposa, que é a líder e grande cérebro por trás da investigação, ora. Tudo que faço é pensando nessa família...

A Leão pareceu mais calma. Subitamente deixaram de falar, levando Frederico e Valentina a trocar demorado olhar: por que afinal o diretor Mata Ratos estava tão interessado no desaparecimento do tio? Considerando que há dois meses aceitara a matrícula dos gêmeos com a condição do tio Adoniram não se aproximar da escola, soava ainda mais suspeita essa disposição toda em ajudar, perguntar detalhes, insistir em ver o quarto do tio para contribuir cientificamente com a investigação... Definitivamente, algo de errado ali, mas primeiro revistar as paredes, anotar o que descobrissem, só confiar na família: Era um assunto dos Valente, ora!

Capítulo
X

Na casa da família Valente, um velho telefone toca incessantemente. Da mesma forma que o murmúrio discreto de duzentos ágeis dedos digitando simultaneamente sobre o teclado remete a um escritório, e certa categoria de música insossa a um consultório dentário, os raros visitantes lembravam-se da antiga campainha soando irreprimível como parte integrante da casa da família Valente.

Fora a Leão quem determinara, há seis anos, que não mais se atenderia ao telefone. Depois de uma vida interrompendo os afazeres para responder a parentes distantes em busca de notícias, vizinhos de parentes distantes em busca de providências ou tipos de voz arranhada que buscavam um homem a quem não faltasse coragem para um serviço bem remunerado, decidira de súbito que chegara ao limite: deixara uma panela no fogo, atravessara a casa esbaforida, apoiara a mão no enorme aparelho cinza com fio encaracolado preto e congelara, incapaz de movimentar o fone que vibrava escandaloso. Após o último toque, ergueu os olhos para a pequena plateia familiar e sentenciou: Naquela casa não mais se atenderia ao telefone. Todos os Valente tinham um limite: após cinquenta anos respondendo ao aparelho, chegara ao dela.

A decisão da Leão imediatamente animou filho e neta. Inspirado pela cena, tio Adoniram vislumbrou um algoritmo que atendesse as ligações e respondesse de acordo com um padrão, o que seria uma importante contribuição para a florescente pesquisa ligada à inteligência artificial. Já Valentina imaginou que herdaria ali a missão suprema de conectar os Valente do mundo, a partir dos seis anos de idade travando contato com cada um, aconselhando, escutando novas histórias e de fontes originais até que se tornasse a lenda que nascera para ser. A ambos a Leão frustrou, taxativa: A partir daquele dia, naquela casa e enquanto ela vivesse, o telefone não seria atendido por mais ninguém. Iniciava-se, ali, uma prova de resistência que se arrastava irascível e sem vencedores: de um lado a obstinação da Leão, disposta a domesticar as chamadas ao custo do sono e sanidade familiar, de outro todos os Valente do mundo a fornecer a combinação de números daquele que fora o primeiro telefone do país para qualquer recado, referência comercial ou ponto de encontro em último caso. A disputa se arrastaria enquanto batesse o teimoso coração da Leão, não fosse o desaparecimento do tio Adoniram, que, elevado à condição de máxima emergência familiar, relegou a disputa a segundo plano.

    O pai chegou a casa após três dias. Os gêmeos e a Leão almoçavam uma sopa requentada com galinha fria, receita intragável que empurravam de um lado para o outro do prato, quando a porta se abriu e o soldado Alberto Valente, o mais fiel e dedicado dos policiais envolvidos na busca, desmoronou sobre a cadeira. Fedido, faminto, com os olhos vermelhos em razão das três noites insones, ignorou os abraços e beijos de alegria dos filhos, as perguntas afoitas da mãe, as ofertas de café e comida para ordenar no tom firme, que não admitia questionamento: Que se atendesse de uma vez a porcaria do telefone. Valentina correu para o aparelho, cumprindo a ordem que aguardava desde sempre e voltou igualmente veloz com o recado que o pai não receberia por ter dormido imundo, fardado e ainda sentado: Era engano. Um absoluto desconhecido, ao discar o número errado e dizer algo sobre uma luneta, sem saber fora privilegiado com o raro prazer de descumprir uma decisão da Leão.

    Três horas depois, o pai despertou: devorou e repetiu a sopa antes mesmo que a Leão a requentasse, tomou um longo banho, cortou a barba e aparou o bigode. As pálpebras tinham uma textura estranha, acinzentada, os olhos mais vermelhos do que brancos:

— Fiz questão de cobrir, o mais rápido possível, os lugares óbvios. Visitei os parentes do campo e da praia, a universidade onde o Adoniram sempre quis estudar, os bancos onde deve, perguntei no guichê da rodoviária e para alguns caminhoneiros. Não encontrei nada, mas pelo menos varri as pistas mais fáceis enquanto o rastro está quente. Agora começa o trabalho complicado...

— Alberto, se cuide você também...

O pai caminhava de um lado para o outro da cozinha, incapaz de parar, bebendo talvez a milésima xícara de café das últimas trinta e três horas. Foi ajeitar o bigode e, ante a mão ocupada pela xícara, confundiu-se e quase derramou café sobre a roupa:

— O importante é que, se ele passar por qualquer desses lugares, serei informado. Tenho bons contatos em cada um. Fatalmente alguma informação vai chegar e... — suspirou demoradamente — Ai, ai... Em que confusão o Adoniram se meteu dessa vez?

O telefone tocou novamente e Valentina saiu correndo, sem esperar pela ordem. Outra vez o mesmo engano, desta vez gritando sobre a aproximação de um cometa! Bando de lunáticos! Uma frustração terrível ante a esperança de atender e assim conhecer algum dos lendários Valente aos quais tencionava apresentar-se...

— Prestem atenção: quero que esse telefone seja atendido quantas vezes tocar. Vocês dois vão se revezar e anotar todos os recados. Alguma pista pode vir por aí. Quando estiverem na escola, a vovó atende, mas no resto do dia é responsabilidade de vocês. Aliás, vocês conhecem a história desse telefone?

Naturalmente conheciam, tendo-a escutado talvez duas centenas de vezes em doze anos, mas o pai recontou-a assim mesmo, animando-se com a própria narrativa. Somente um Valente escolhia uma narrativa heroica para se restabelecer... Tata Valente, o mais valente dentre os Valente, já famoso e reconhecido em toda a província desde o resgate de um tigre de estimação incapaz de descer da árvore em que se alojara, descansava na poltrona favorita quando bateram à porta. Acompanhado de um punhado de assessores, o presidente da companhia telefônica vinha pessoalmente pedir um favor em nome de toda a nação. Para se concluir a instalação do sistema telefônico que conectaria o país, era preciso passar os cabos pelas terras dos ferozes índios Caetés, temidos desde o dia em que assaram e comeram o bispo Mata Ratos. Os técnicos da companhia telefônica se recusavam a entrar no território sem alguma garantia de segurança, e ao presidente parecia que nada bastaria senão a palavra firme do mais valente dentre os Valente.

— Tata Valente partiu sozinho e voltou oito semanas depois com a garantia de que os funcionários da companhia telefônica não seriam perturbados. Para consegui-lo encontrou a tribo, foi capturado e, enquanto escolhiam as pedras com as quais lhe moeriam o crânio, mirou com valentia o chefe guerreiro, desafiando-o para uma prova de coragem.

Foram treze os desafios: Tata Valente bebeu o sangue da cobra gigante, roubou um beijo da filha brava do chefe da tribo rival, jogou bola com os macacos de bunda careca no topo das árvores, venceu na luta corpo-a-corpo o maior dos jacarés, entrou e saiu da toca da onça com rabo de serpente, segurou um ovo cozido na boca fechada sem derramar uma lágrima, subiu na árvore que ligava a terra ao céu para apanhar dois frutos, acertou a ponta da unha do falcão com uma flecha, contou quantas estrelas havia no céu, ensinou aos papagaios as boas maneiras, moeu mandioca com a boca até virar farinha. O último desafio foi entre Tata Valente e o chefe guerreiro, todos os outros doze eram apenas os pré-requisitos para que fosse julgado à altura da disputa. Deveriam ambos partir assim que o sol nascesse e retornar antes do sol adormecer. Venceria quem trouxesse algo que impressionasse o índio mais velho da tribo.

— Pouco antes do sol se pôr, Tata Valente e o chefe guerreiro se apresentaram no centro da aldeia, diante deles o velho Caeté, barrigudo e enrugado, inteiramente nu e avermelhado, um pedaço de palha entre os lábios. Quando o chefe guerreiro mostrou a onça viva, que sozinho capturara, amarrara e carregara para soltar no centro da aldeia, o velho índio sorriu, divertido: certamente já vira aquilo antes, mas era sempre algo impressionante. Tata Valente, então, abriu a mão e nela havia três dedos decepados. Mostrou a outra mão onde faltavam três dedos. O pedaço de palha caiu da boca aberta do velho Caeté, que jamais vira algo como aquilo, um homem cortar os próprios dedos para vencer um desafio.

Tata Valente foi presenteado com o dente de onça do chefe guerreiro, reconhecido na tribo como homem de valor e autoridade para decidir quem poderia entrar no território dos ferozes Caetés e dele sair, pois agora era um deles.
Cumpriu uma série de dias e noites em brincadeiras e festa antes de retornar e quase aceitou convite de casamento e chefia. Quando apresentou

a história vivida como garantia de segurança aos técnicos da companhia telefônica, recebeu aplausos, apertos de mão e outros tantos rostos boquiabertos como o do velho Caeté. O presidente presenteou a família com o primeiro aparelho do país, número zero zero zero um zero zero, justamente aquele que há anos tocava sem que a Leão decidisse atendê-lo.

—Tenho certeza de que vão chegar pistas importantes através deste telefone, portanto atendam todas as ligações e anotem todos os recados. Façam a lição de casa, comportem-se na escola e cuidem do aparelho: assim vocês me ajudam a encontrar o tio Adoniram... — e já estava revigorado, a narrativa restaurara-o, mais uma xícara de café e de volta à busca!

Fred não acreditava em metade das histórias que se contavam sobre Tata Valente, achava que a família, versão após versão, ia exagerando os relatos e, assim, um gato sobre uma árvore tornava-se um tigre de estimação acuado no topo de uma sequoia. Provavelmente Tata participara da negociação com a tribo e talvez lutara contra alguns deles num daqueles jogos indígenas que a professora de geografia mencionara: os desafios concluídos com a flagelação dos próprios dedos eram, certamente, um dentre tantos exageros típicos da família. Além disso, considerando todas as tragédias que se abateram sobre os índios, qual era a glória de ter ajudado o presidente da companhia telefônica?

    Valentina pensava diferente. Admirou o modo como o pai narrou a história, num instante revigorado e de volta à busca, e despediu-se rápida para se posicionar em frente ao telefone, economizando mesmo nas idas ao banheiro para não perder uma única chamada. Como era maravilhoso poder se comunicar por meio de um aparelho conquistado de forma tão incrível e por ninguém menos do que Tata Valente, o mais valente dentre os Valente! Tantos simplesmente iam até uma loja e compravam os objetos da casa, ou mesmo compravam a casa com tudo dentro! Tantos ignoravam que, para se completar uma ligação, fora preciso que um homem enfrentasse treze desafios, que arrancasse os próprios dedos, que outros tantos se embrenhassem na floresta para esticar um cabo, um metro de cada vez por todo o país! Definitivamente, a vida tinha mais sabor quando se sabia de que eram feitas as coisas...

    Pior do que estar ao lado da irmã ouvindo-a tagarelar ao telefone, comentando inebriada aquelas histórias exageradas das quais enjoara há muito, era percebê-la claramente incomodada por não estar sozinha. Como se não bastassem as idas e vindas ao banheiro na companhia do aparelho e o banho adiado, Valentina claramente criava pretextos para que Fred a deixasse sozinha em contato com os tais

Valente de todo o mundo, como se ele quisesse estar ali, como se não bastasse dizer-lhe que estava tão empolgada por poder finalmente atender o telefone que a busca pelo tio e a companhia do irmão se tornaram desimportantes. Esquecera do plano? Não iam mais investigar o quarto do tio em busca de algum compromisso anotado? O diretor Mata Ratos rodeando a família, o tio desaparecido, o pai exausto e ausente, o velho simultaneamente presente em todas as sinucas da cidade, uma importante pista aguardando por eles naquelas paredes e ela realizada no papel de telefonista da família?

Faria ele mesmo, não precisava das histórias nem de ninguém, todas ótimas para estufar o peito e engrossar a língua, mas efetivamente não trariam o tio de volta. O que importava era encontrá-lo antes que se metesse em alguma confusão, isso sim! Como comeria sem dinheiro, na rua, sozinho, com todas as manias numéricas? De repente sentiu-se tão ridículo, escutando as ligações em resmungos e interjeições, que se levantou e num instante estava no quarto do tio Adoniram, recostado na mesma posição de onde observava-lhe o trabalho, sentindo saudades de poucos dias passados, porém distantes uma vida inteira... De repente o tio desaparecido, a mãe que partira, o pai perdido para uma busca infinita, a irmã para um telefone, o avô para a sinuca, talvez a vida uma enorme perda, talvez a amizade uma exceção impossível de ser suportada... Estava cansado...

Abriu apenas um dos olhos, como gostava de fazer enquanto o tio Adoniram escrevia a lápis nas paredes, nas palavras do tio "protestando contra a duplicação tridimensional da realidade a que o par ocular obrigava-o", quando notou uma coincidência interessante: da exata posição em que estava e apenas quando sentado com o olho direito fechado, a posição de sempre, um pequeno arco fabricado com um clipe torcido e pendurado no teto por um fio alinhava-se perfeitamente com outro pequeno círculo desenhado na parede oposta, cada qual do tamanho de um polegar. Fred abriu e fechou o olho direito algumas vezes, testando, quando de repente uma descarga elétrica percorreu-lhe o corpo, fazendo-o levantar-se num só movimento. Dois círculos alinhados na posição que Fred sentava todos os dias: uma pista do tio apenas para ele?! Aproximou-se do círculo, analisando-o de perto, mas estava vazio. Não era exatamente um círculo: uma elipse, como o tio Adoniram o ensinara, que descrevia a rota dos asteroides e das luas distantes que tanto fascinavam o tio. Definitivamente uma pista — uma pista para ele! — mas sem nada no interior, um buraco vazio pendurado no centro do quarto. Será que o tio tentara deixar uma pista, mas não tivera tempo?

Com os olhos colados na elipse vazia, lembrava-se do tio Adoniram falando sobre astronomia, o movimento dos corpos celestes de maior massa semelhante ao dos imponderáveis átomos, a tendência universal dos compostos de buscar a forma energética mais estável, o universo geométrico — Definitivamente uma pista, mas o que um buraco vazio significava? Será que o tio considerara que Fred não era lá muito inteligente?

Entortou a cabeça sem perceber que o fazia. Por hábito, colocou a língua entre o molar e o incisivo e, com as sobrancelhas franzidas, sentou-se contra a parede oposta, desta vez mirando o local onde costumava sentar-se, o mesmo arame agora observado com o olho esquerdo fechado: do outro lado da sala, perfeitamente posicionada naquela direção, uma série de traços a lápis envolvidos pelo aro suspenso. O coração bateu mais forte quando Fred aproximou-se: ali o recado, pista, enigma que o tio deixara precisamente para ele, sinal de que sabia que seria buscado e que confiava a ele, Frederico Alberto Valente, a tarefa de encontrá-lo!

Mirou demoradamente o conjunto de frases, admirando o desenho das letras do tio, incapaz de conter a felicidade de saber que o tio confiara nele e em mais ninguém, dentre todos os Valente do mundo, a tarefa de encontrá-lo. Obviamente as frases não faziam o menor sentido, mas não importava: Fred sabia que conseguiria. Num ponto próximo da fúria que sentira diante dos policiais que debocharam da família e distante do pânico que o haviam inspirado os pombos em súbito rasante, o coração acelerado, porém constante, os punhos firmes! Frederico Alberto Valente encontraria Adoniram

Valente, seu tio! Se um tio desaparecia, cabia ao sobrinho encontrá-lo!

Os gêmeos atravessam, pé ante pé, um túnel imundo, um termina sujo, o outro limpo.

Olho no olho, então,

o que está limpo corre lavar o rosto, livrando-se depressa da sujeira inexistente.

Todo sujo, o outro nada faz.

Capítulo
XI

Há apenas poucos meses, quando as discussões dos avós se faziam em relação ao enredo das histórias da família e o pai deitava cada filho em uma perna para, penteando o bigode com três dedos, escutar-lhes, uma conversa marcara Frederico Alberto Valente. Envolvido pelo familiar cheiro de desodorante masculino, a cabeça inclinada, após escutar todas as exclamações animadas da irmã em relação à escola nova, Fred se sentiu à vontade para reclamar: Entendia o esforço do pai em conseguir uma boa educação para ambos, a questão envolvida na inundação elétrica, o privilégio de estudar gratuitamente em um colégio tão exclusivo. Ainda assim, sentia falta da velha e tão conhecida escola, dos amigos, professores e funcionários...

O pai o afagou nos cabelos, demonstrando que não se aborrecera com o comentário, e respondeu após pensar um pouco, apropriando-se de um conselho que certa vez a esposa o ofereceu. Entendia o que Fred sentia, mais do que o filho podia imaginar. Ao longo da vida, Alberto Valente aprendera que, raras vezes, conseguimos perceber e desfrutar das coisas como de fato são: Conforme amadurecemos, fixamos em nós modelos ideais a partir dos quais tratamos o que a vida nos traz. Uma receita de pudim preparada pela Leão, uma festa de família repleta de histórias, uma aula de matemática não são percebidas como de fato são, mas em comparação a um pudim, festa ou aula perfeita que só existem dentro de nós. O pai o aconselhara a tentar viver a nova escola dissociada da velha, uma experiência à parte e independente. Comparar o que se vive com a vida ideal não levava a nada além da angústia.

O conselho do pai jamais seria esquecido, porém, poucos dias depois, percebeu que a escola nova era insuportável independente de qualquer comparação. Os garotos na sociedade secreta que o excluía, os professores sedentos por lhe dar toda a atenção, a covardia crescente, a maldição familiar que condenava a infortúnios cada Valente, as histórias exageradas que a família insistia em contar e recontar tornavam aquele ano chato, solitário e triste, dias de sua vida dos quais sabia que não sentiria a menor falta. Talvez pudesse inclusive inverter o conselho: se comparasse qualquer dos dias futuros ao tempo presente, a vida sempre seria maravilhosamente adorável...

Qual o pudim de leite ideal, a partir do qual apreciaria ou não qualquer um dos outros? Sem dúvida, o preparado pela cozinheira da escola velha, macio, a porosa massa na qual a cobertura penetrava lentamente, a calda sabor caramelo pingando da colher. A festa de família ideal fora o Natal em que completara seis anos, quando a mãe os presenteara com enorme livro de histórias, celebrando que já sabiam ler com o convite para conhecer aventuras de outras famílias além dos Valente, comentário que divertidamente enfureceu a Leão. O pai ideal era exatamente igual ao seu, mas preferia uma mãe que não tivesse ido embora...

Pensando no conselho do pai, Fred sentia que se conhecia melhor, um bom conselho que o ajudou também a perceber qual dentre as histórias dos Valente era sua preferida e porque não suportava escutar as demais: quando ouvira falar, em apenas três míseras versões, sobre o professor Martin Valente, Fred simplesmente o adorou. E foi justamente a história do parente que o inundou enquanto, tomado pelo êxtase, contemplava o enigma deixado exclusivamente para ele pelo tio Adoniram.

Contou o velho Valente, elevando o tom de voz e protestando contra as muitas vezes que a Leão o interrompeu, que o professor Martin Valente nunca foi digno de nota na família. Indiferente às aventuras dos irmãos, passou a infância, adolescência e vida adulta enfurnado entre livros. Desconhecia o sabor de uma boa briga, a emoção de correr com o corpo todo suado, desconhecia o coração a martelar no peito quando, contra todas as probabilidades, decidia-se por um passo à frente. Maldosamente os tios e primos diziam que nem um Valente ele era, um impostor que se misturara à família, o filho de algum Silva, Santos ou Silva dos Santos que, sem querer, fora parar no seio da família Valente. Trabalhava na universidade, feliz entre livros, indiferente à grande guerra travada no mundo, estudando livros de bigodudos alemães enquanto todos os Valente daquele tempo rastejavam por trincheiras e lançavam bombas. Então, o reitor apresentou-lhe um pedido: Que reprovasse um dos alunos e apenas um, um único dentre os dez que tutoreava. O reprovado seria expulso da universidade, a perda da condição de aluno o enviaria à guerra. Cada professor deveria reprovar um décimo dos alunos visando contribuir no esforço da pátria.

    O professor Valente disse não. O reitor veio ter com ele, depois o Ministro da Educação. Não conseguiam entender porque um homem tão apático subitamente assumia impossível posição de resistência. Sabia que, se recusasse, seria demitido e enviado ele mesmo para a guerra, ao invés do aluno? Entendera que se tratava de apenas um, um que seria reprovado de qualquer maneira, um intelectualmente inferior? Sabia, entendia, e mantinha a palavra: Não. O professor Valente foi demitido, enviado para a frente de batalha e morto no primeiro movimento da infantaria. Enlouquecido pelo som das explosões, correra na direção errada, alvo fácil para os inimigos. Os Valente daquele tempo, que envolvidos na batalha só conheceram a presença do professor após sua morte, impuseram ao comando militar uma trégua de sete dias. Os soldados puderam descansar e comer, os corpos médicos trabalharam enquanto os Valente velavam o morto. Sobre o caixão do professor Valente, um livro. Dentro do livro, sua história, uma única página com uma única palavra nela: Não. Ao se recusar ao crime, o professor Valente os encontrara como valente entre os Valente.

Fred gostava muito dessa história e toda a cena voltou-lhe quando sozinho, diante da elipse, encontrou o enigma que o tio Adoniram para ele deixara... Via-se como o professor Martin Valente, anônimo para a família, condenado ao esquecimento, além de todas as histórias tantas vezes contadas, recontadas e exageradas, disposto a cumprir a vida como se o sobrenome fosse Silva, Santos ou Silva dos Santos, até que algo o forçara a revelar quem de fato era. Sempre fora um Valente, era quem era, mas não precisava desperdiçar-se em estúpidos e perigosos desafios, numa auto-afirmação suicida, como faziam os tantos e tão famosos Valente. Fred gostara da história justamente pelo guardar-se que ela trazia, pela modéstia, pela força oculta que acreditava estar nele e que despertava em fúria desde que a irmã lhe contara sobre os comentários jocosos dos policiais. A melancolia por se ver condenado a ser um covarde esquecido pela família, as aulas de valentia a que se propusera, a fúria que se descobrira capaz, a história preferida entre todas a partir da qual avaliaria cada história até a última, a sensação crescente de que era o único habilitado a encontrar e resgatar o tio Adoniram: tudo que era e que vivera subitamente condensados no "não" absoluto do professor Valente, porém, desta vez, um negar que implicava o movimento, negava o convite para passivamente aguardar que outros salvassem o tio que tanto adorava. Se o tio Adoniram Valente desaparecera, cabia a Frederico Alberto Valente encontrá-lo! O tio confiara precisamente em Fred a tarefa de encontrá-lo e ele não o decepcionaria!

O problema era decifrar a pista. Deixou o quarto trôpego, anotou as quatro frases decoradas no centro de uma folha de caderno, recortou no formato de uma elipse e guardou no bolso, trazendo-a consigo a todo instante. A casa seguia seu ritmo, o pai e o avô ausentes, a irmã e a Leão disputando o telefone, mas agora Fred guardava um tesouro e o relia a cada instante sozinho: os gêmeos atravessam, pé ante pé, um túnel imundo... Os gêmeos não eram uma referência à toa, naturalmente ele e a irmã. O túnel sujo talvez um local específico, um cano de esgoto ou outro espaço estreito e imundo que seria a exata localização do tio. Contudo, a parte final parecia guardar a verdadeira solução. O que significava? Por que apenas um dos irmãos se sujara e que sentido fazia, ao se olharem frente a frente, o que estava com o rosto limpo lavar-se e o que estava com o rosto sujo não se mover? Os gêmeos, sem dúvida, eram eles e o túnel deveria ser buscado, porém a parte mais importante, o que parecia um dos mistérios matemáticos que o tio Adoniram tanto apreciava, não fazia o menor sentido. Será que o tio realmente considerara que Fred não era esperto como ele ao deixar a pista? O pior é que não poderia pedir ajuda ao pai, avós ou algum professor sem ter de se explicar... Nada disso! O tio nele confiara e Frederico Alberto Valente responderia à altura: dispensava as provas de valentia, os riscos e demais histórias dos Valente, mas essa era uma situação diante da qual não poderia recuar. Tal qual o professor Valente, dizia não à covardia!

— O que é isso?

A irmã o surpreendeu no quarto, o pedaço de papel entre os dedos, Fred tão distraído ou Valentina tão maliciosamente silenciosa que ele tremera todo, o sangue abandonando o corpo para retornar num coração frenético. Quase morrera de susto! Não era nada, ora! Estava ocupada demais com o telefone para se preocupar com um pedaço de papel!

— Deixe de bobagem, Fred! A Leão deve ter ficado com ciúmes do meu sucesso ao telefone e me dispensou, dizendo que nenhum Valente queria falar com uma pirralha metida a adulta. Vou contar tudo para o papai quando ele chegar. Agora diga de uma vez que papel é esse.

Contou, sentindo raiva de si mesmo por não manter o segredo. Tio Adoniram confiara a pista a ele e a ninguém mais! Por outro lado, o enigma se referia diretamente aos gêmeos, que só podiam ser ele e Valentina. Talvez o tio contasse mesmo com os dois trabalhando juntos na pista que deixara. Ao escutar sobre a descoberta, Valentina silenciara, lendo e relendo a cópia em forma de elipse, entortando a cabeça da mesma forma que Fred fizera, a língua acomodada entre o molar e o incisivo, esquecendo-se do telefone e da disputa com a Leão. Era muito difícil! Leu alguns trechos em voz alta, olhando para Fred num primeiro momento e depois se perdendo, iniciando frases que não terminava, tateando um caminho lógico que percebia estar ali, mas que lhe escapava.

Por fim, soltou o papel e deitou-se na cama, massageando a têmpora: o que o tio Adoniram tinha na cabeça? E se a pista fosse, na verdade, um despiste? Talvez tio Adoniram a deixara com o objetivo de enviar os que por ele buscavam em outra direção, afinal tudo indicava que saíra voluntariamente da casa, arrumado e perfumado rumo ao que acreditava ser um destino grandioso. Rapidamente cansada do desafio, Valentina preferia deixar aquela linha de lado para seguir na tradicional investigação policial, expulsando a Leão da linha telefônica que a ela pertencia.

— Por seis anos tivemos que aguentar esse telefone tocando, e agora — agora?! — ela decidiu que vai atender? Faça-me o favor!

Fred concordou dizendo que a irmã tinha direito ao telefone, sem dizer que o tio Adoniram deixara a pista para ele e ninguém mais. Encontraria o tio e escreveria a própria história como valente entre os Valente, não no acento suicida dos parentes, mas apresentando-se à altura do desafio tal qual o parente preferido. Poderia, então, cumprir cada um de seus dias numa vida pacífica em meio ao que gostava, seja lá o que isso fosse: todos saberiam que, se provocado, Frederico Alberto Valente renunciaria a curvar-se!
O problema ainda era decifrar a pista... Mesmo que os gêmeos fossem ele e a irmã, e o túnel imundo um lugar específico por onde o tio Adoniram havia passado em sua fuga, a parte fundamental permanecia um mistério: por que, ao se verem frente a frente, o gêmeo que está com o rosto limpo vai se lavar e o que está sujo permanece imóvel? E como a solução daquilo se ligaria à localização do tio Adoniram era algo que sequer tentava imaginar... Dormiu abraçado com o papel, procurando-o desesperado quando acordou, sem atentar a

caminho da escola para o que contava empolgada a irmã, frases imponentes durante a madrugada que serviram para restituir-lhe o direito ao telefone.

— Ouviu o que eu disse, Frederico? Seis anos daquela campainha!

Durante a aula os professores de biologia executaram um número de dança e música para explicar o ciclo da samambaia. Em grupos, os alunos fizeram colagens a partir de uma revista recortada como guia de leitura de um livro que ninguém leu, responderam valendo pontos um desafio de história egípcia, escreveram uma redação sobre a importância da família: qual o garoto repetente que comia cracas de nariz o tempo todo, Fred se mantinha alheio e distante, em busca do ângulo que revelaria a solução do enigma, tão alheio que, desistindo de rir às custas dele, os oito insuportáveis garotos agora se dedicavam a dar socos na perna um do outro cada vez que se sentavam. E se pedisse ajuda para algum professor, disfarçando do que se tratava? Poderia dizer que encontrara o enigma em algum velho livro ou que a irmã o desafiara a solucionar: o ideal era escolher algum professor alienado, desses tão envolvidos nos números que não percebem a vida passar, alguém que o ajudasse com a solução sem comentar nada com o diretor Mata Ratos ou relacionar a súbita curiosidade lógica com o desaparecimento do tio Adoniram. Dentre todos os mestres, quem escolheria?

— Tata.

Fred despertou do devaneio ao escutar o comentário, oriundo da mais improvável das vozes. Da carteira ao lado, o garoto repetente esticara o pescoço e lera a pista em forma de elipse deixada pelo tio Adoniram, mencionando "Tata" como a mais óbvia das palavras enquanto apontava para o enigma e concluía a degustação de uma craca de nariz. De onde viera aquilo?

O garoto apanhou o lápis e mergulhou no próprio caderno. Copiou as quatro frases do enigma e escreveu, sobre cada letra, um número conforme a posição do alfabeto, "O" sendo o quinze e "S" o dezenove. Circulou então alguns dos números — os primos! — e os contou, anotando a quantidade ao final de cada frase, vinte na primeira, um na segunda, vinte novamente na terceira, um único na quarta. Converteu de volta conforme o alfabeto, e ali estava o resultado, T A T A, grafado na folha arrancada, recebida por Fred com olhos arregalados. Como aquilo era possível? Sim, Tata era a resposta, obviamente Tata Valente, este o caminho a seguir. O tio Adoniram deixara frases confusas, mas matematicamente engenhosas. Fazia todo sentido! Deveria buscar Tata Valente para encontrar, sabe-se lá de que forma, o tio Adoniram, porém, como era possível que aquele menino repetente, roupas amassadas, olhos remelentos, cabelo sem pentear, como era possível que aquele menino que repetira de ano e que comia cracas de nariz o dia todo simplesmente batesse os olhos no enigma e o decifrasse? Estupefato, Fred não conseguia parar de agradecer, os olhos muito abertos ante o que parecia milagre, abandonando a reverência apenas quando o sinal tocou e pode disparar na direção da irmã: como aquilo fora possível?!

Valentina assustou-se quando viu Fred chegar correndo, abriu muito a boca e piscou repetidamente os olhos quando escutou o relato, um verdadeiro milagre que testemunhavam, da fonte mais improvável, o enigma resolvido pelo garoto repetente como se fosse o exercício de aritmética mais elementar. Como era possível que aquele menino com cara de pateta, que ou dormia na carteira ou comia cracas de nariz, que repetira de ano, simplesmente batesse os olhos e resolvesse? Era um verdadeiro milagre!

— Fred, nem imagino porque o tio Adoniram deixou uma pista justamente para você, muito menos qual seria a relação entre o desaparecimento e Tata Valente. Porém, o que nos resta além de ir até o fim?

Pensava o mesmo, pensava além. A irmã deveria permanecer na casa, respondendo às chamadas, guardando sua posição junto ao telefone e dando-lhe cobertura enquanto ele buscava por Tata Valente, o verdadeiro e lendário Tata Valente, para descobrir a relação entre o desaparecimento e o mais valente dentre os Valente. A Leão guardava num caderninho de capa vermelha o endereço de todos os Valente conhecidos. Sem o pai na casa e com a irmã a oferecer cobertura, poderia encontrar Tata Valente e retornar no mesmo dia, talvez com a solução do mistério do desaparecimento do tio Adoniram! Estaria o grande Tata Valente vivo e próximo dali?

— Melhor, Fred! Você atende o telefone e eu vou encontrar Tata Valente!

Como? Valentina tinha um plano: o irmão deveria permanecer na casa, respondendo às chamadas, guardando sua posição junto ao telefone e dando-lhe cobertura enquanto ela buscava por Tata Valente, o verdadeiro e lendário Tata Valente, para descobrir a relação entre o desaparecimento e o mais valente dentre os Valente.

— Ah, não...

Discordaram, discutiram, falavam tão alto que espantavam os passantes, Valentina questionando o que ele faria se encontrasse um pombo no caminho, Fred argumentando que podia muito bem levar um pouco de milho no bolso e atravessar a rua. Decidimos na moeda? Jamais! Corrida? Nunca! Não havia acordo possível.

Próximos da casa, Fred batia os pés, braços cruzados, o olhar duro acompanhando o caminho. A partir daquele dia, nem gêmeo queria mais ser. Ela cedeu:

—Vai você, bobão.

Suspirou, ela tagarelou: Só deixaria de ir para não dar esse gosto para a Leão. Se fosse, nunca mais atenderia ao telefone. Além disso, disfarçaria melhor a ausência dele, e logo entrou em conselhos: em quais situações deveria imediatamente pedir socorro e o que poderia perguntar para Tata Valente a fim de descobrir o paradeiro do tio.

Para além dos planos, era ótima a sensação que inundava Fred, uma corrente que tornava seus passos mais firmes, o olhar fixo no horizonte e punhos cerrados: a força. Aos doze anos e diante do que precisava ser feito, sentia-se à altura, encontrando força na justa medida do desafio. Ele era, sempre fora e sempre seria um Valente, o grosso sangue da família a correr em suas veias, as fibras que o compunham bem trançadas no peito que batia constante diante do desafio. Frederico Alberto Valente superaria os próprios e imensos temores e conseguiria! Cumpriria o que diante dele se apresentasse como um Valente, ora!

Capítulo XII

Sim, levaria a faca. Se surgisse uma situação, dificilmente teria tempo de parar, abrir a mochila e empunhar a arma, e estava certo de que não o faria da maneira correta. Corria mais risco com do que sem a faca, diante de qualquer problema deveria correr e nada mais, além do risco ridículo de tropeçar e cair sobre a própria arma. Ainda assim, levaria a faca.

Decidiu que faltava uma faca assim que fechou a mochila, substituindo o material escolar transferido para a responsabilidade da irmã por uma muda de roupas, meias limpas, um pequeno caderno, lápis, apontador, a lanterna que ganhara do pai no último Natal e uma enorme bússola preta, encontrada há muitos anos espremida entre duas paredes, quem sabe se originalmente usada por algum pirata cuja mão um Valente decepara ou por um pirata Valente. O dinheiro para a passagem viera das economias da irmã, que, entre o troco de algo que buscara na feira para a Leão e algumas moedas que encontrara pela rua, tinha quase uma nota completa. Faltava uma faca: quando a irmã se posicionou novamente ao lado do telefone, abriu a terceira gaveta da cozinha e de lá retirou a lâmina de cabo preto um pouco maior que a própria mão. Enrolou-a em folhas arrancadas do caderno, prendeu com fita adesiva e ajeitou o conjunto em pé na mochila. Se qualquer ameaça surgisse, correria dez quilômetros antes de lembrar que trouxera uma faca, mas ainda assim diversas vezes até a hora de dormir voltou ao quarto, abriu a mochila e tocou levemente na lâmina: lá estava a faca e a levaria.

— Na escola vou dizer que você está com dor de barriga e aqui em casa digo que ficou na escola para aulas de reforço. Se ligarem, eu mesma atendo, então tudo certo!

Deitados na mesma cama, os olhos fixos no teto à espera do brilho de luz que indicava a chegada do pai, repassavam os detalhes do plano:

—Vou encurtar as ligações para manter o telefone livre. Qualquer mínimo problema você liga para cá. E não vá inventar nada diferente: caminhe até a estação, pergunte pelo lugar, vá e volte. Se descobrir algo para nós, analisamos aqui e traçamos um novo plano...

Havia algo que Frederico Valente não entendia. Diante da pista, a irmã buscara e encontrara com facilidade o endereço de Tata Valente na pequena caderneta de couro vermelho da Leão. Perguntara na escola para o garoto que a seguia por todas as partes e descobrira ser o lugar bastante próximo, uma viagem de trem até a última estação, trinta minutos de ônibus e estaria diante de Tata Valente, o mais valente dentre os Valente. Se era tão próximo e se tratava da grande lenda da família, aquele que a tudo conquistara e a todos vencera, exceto a maldição, por que nunca o visitavam? Por que não morava ali com eles, na grande casa da família Valente, a enorme edificação que fora a primeira do continente, fortaleza militar que os séculos converteram em residência? Apesar da pouca idade, apanhar trem e ônibus e visitar um parente parecia algo simples e livre de qualquer perigo, porém a proximidade, a facilidade da empreitada era um alarme que insistia em não ser ignorado.

— Está com medo, Fred?

Não estava. Não sabia dizer se após as repetidas decepções consigo mesmo, as aulas de valentia, o desaparecimento do tio, o deboche dos policiais e a pista algo nele se transformara, ou se era como o professor de sua história preferida, que, diante das circunstâncias, encontrou um negar tão profundo que o levou ao movimento: o fato é que não sentia medo. A raiva acumulada agora transbordava, e a coragem nada mais era que a catalização da fúria: se não fosse o desaparecimento do tio Adoniram e a certeza de que ninguém além dele poderia encontrá-lo, jamais saberia do que era capaz. Por toda a noite imaginou a despedida, o caminhar até a estação, viu-se apanhando o trem e o ônibus, imaginou tantas vezes a chegada à casa de Tata Valente que era como se já o tivesse vivido e apenas recordasse. Quando percebeu o sol iluminando o quarto e despertou, teve a sensação de que sequer dormira. Uma leve ansiedade o acompanhou enquanto escovava os dentes, uma vertigem semelhante ao caminhar sobre um colchão muito macio, sensação que o ar fresco da manhã dissipou: ali estava, o dia que o pertencia.

—Tudo vai dar certo, Fred! O poderoso sangue dos Valente corre em suas veias! Se cada vez que um de nós recua, um infortúnio se abate sobre toda a família, cada vez que se enfrenta o medo a infinita sorte se derrama sobre nós.

Na famigerada esquina onde, de acordo com o plano, se separariam, a irmã o abraçou e soltou, tão forte quanto veloz. Por sentir os próprios olhos úmidos, Fred teve a certeza de que os dela também umedeciam... Caminhou até o final da rua, de lá pela avenida até os limites do bairro, que em passos firmes e ritmo constante deixava para trás. Nunca fora tão longe sozinho: mantinha o queixo na horizontal e o cenho franzido, os passos rápidos e mãos nas alças da mochila como se todos os dias cumprisse aquele trajeto. Mirava sempre tão distante quanto possível, sem esboçar curiosidade nem encarar ninguém: mais rápido do que imaginava, viu-se na estação de trens. Era realmente perto! As aulas sequer tinham começado e já chegara.

Entrou na primeira fila que encontrou, passou a mochila para frente do corpo e leu as informações. Sim, ali a bilheteria. Diversos tipos passavam rápido, ninguém nele reparava, todos atrasados, trabalhadores das fábricas, executivos, estudantes mais velhos e senhores de idade. Em voz alta vendedores ofereciam passagens sobretaxadas para quem tinha pressa, além de guarda-chuvas, brinquedos baratos, carteiras, relógios e outros tantos infinitos portáteis. A fila avançava rápida e, com a mão no bolso, aguardava a própria vez: um cheiro forte de urina inundava tudo, tal qual o banheiro da sinuca onde o velho reinava. Quando sua vez chegou, depositou trinta moedas no guichê, recebendo como resposta de um funcionário mal barbeado um resmungo e uma passagem:

— Facilite o troco.

Enfiou a passagem na máquina como os demais, cruzou a catraca e encontrou a plataforma. Estava se saindo bem! O trem não demorou a chegar e estava vazio, diferente da outra composição, que abarrotada ia em direção ao centro comercial. Preferiu ficar em pé, manteve a mochila na frente do corpo, conforme a irmã ensinara, pensando que talvez exagerara ao trazer roupas, bússola, lanterna e faca. Concluiu que não: quando fosse adulto, tinha certeza de que andaria com esses objetos, sempre preparado para o que pudesse acontecer!

A última estação era muito diferente daquela próxima de casa: o ar era leve e fresco, os trilhos corriam em direção a um pequeno monte esverdeado e havia poucas pessoas. Um grupo de senhores jogava dominó sobre uma mesa de cimento, um rapaz de bicicleta carregava uma cesta de pães, dois guardas conversavam distraídos, tudo um tanto mais lento e simplificado... A vendedora de passagens contou pacientemente as moedas do pagamento e explicou onde Fred deveria aguardar o ônibus chegar. Quando desceu no ponto final, em frente à enorme garagem da companhia de transportes, perguntou as horas para o motorista, que esticava as costas: precisamente àquela hora o sinal anunciava na escola o primeiro intervalo. Por que trouxera a bússola ao invés de um relógio?

No alto de uma estrada de terra, a poeira avermelhada do caminho grudando nos tênis enquanto concentrava-se em não tropeçar, enfim o endereço que no caderno a Leão registrara como a residência de Tata Valente. Um muro de concreto separado por um portão de ferro envelhecido, paredes brancas caiadas, a porta aberta: era completamente diferente do que imaginara, muito menor e sem qualquer alusão à família. Respirou algumas vezes para recuperar o fôlego, conferiu o número da casa e procurou em vão por uma campainha. Bateu palmas, ruborizado:

— Está aberta!

Ante o grito feminino vindo dos fundos, empurrou o portão, que cedeu mais fácil do que calculou, acertando o muro numa pancada. Uma jovem de avental branco um tanto sujo veio recebê-lo, apertou-lhe as mãos após batê-las na calça e pediu que entrasse. Finalmente amparado por uma sombra, antes que os olhos se adaptassem à luminosidade reduzida, o cheiro de sofá velho com chá quente o encontrou: um asilo!

— Eu vim ver o Tata Valente.

A jovem assentiu, indiferente ao rubor que o tingia. Caminhou rumo ao interior do asilo, o cheiro cada vez mais intenso, reparando nos braços fortes da enfermeira, na calça rota que usava, nas portas que revelavam camas com homens deitados e cobertos apesar do calor, à mostra os cabelos brancos ou o que deles restara, alguns com a pele cinzenta e a boca muito aberta, aparentando estarem doentes. Sentia o peito espremido, conduzido para ver algo inevitavelmente desagradável:

— Ali, na última cama, próximo da janela.

Agradeceu e se aproximou lento, a colcha esticada como a dos demais, o corpo frágil recolhido e agasalhado, a respiração forte e difícil apesar da boca muito aberta, a pele marcada por enormes escaras, o volumoso cabelo entre o branco e o sujo. Dentre todos os pontos do asilo por onde passara, dali parecia emanar com mais força o tão característico odor. De olhos fechados, como se temesse encontrar a morte ao abri-los, lutando para consumir cada possibilidade daquele ar viciado, mal enquadrado pelos farelos da pele sulcada e acinzentada do rosto, Tata Valente, o mais valente dentre os Valente.

Descansou a mochila, ajeitou-se num pequeno banco ao lado da cama, aliviou os músculos das costas enquanto perguntava se deveria dizer algo ou apenas esperar que acontecesse: qual seria a conexão entre o desaparecimento do tio e aquele lugar terrível, onde jazia o personagem principal das histórias da infância? O que havia ali para ele? Seria a pista falsa que havia considerado ou apenas uma coincidência, um registro amalucado do tio sobre as histórias de Tata Valente sem qualquer relação com a realidade?

Subitamente o velho abriu o enorme par de olhos amarelos, sobressaltado como se houvesse pressentido a presença a observá-lo. Piscou demoradamente, mirou cada parte do ambiente para confirmar se ainda estava onde acreditava, para então fitar decidido Frederico Valente, olhos amolecidos, murchos, sombra da força que um dia tivera.

— Sou Frederico Alberto Valente — disse notando como a própria voz se mostrava firme após os exercícios sugeridos pela irmã.

— Valente!

A voz do velho subitamente elevou-se, despertando os quatro outros ocupantes do quarto, um grito desproporcional à fragilidade do ambiente e do corpo.

— Valente! Valente!

Tossiu tão forte quanto mencionara o sobrenome familiar, elevando o urro a cada acesso como uma série de trovões que se sobrepõem a anunciar a tempestade.

— Valente! Eu conto a vida de Tata Valente! Valente! Valente! Eu sou a voz do grande Tata Valente, a história do grande Tata Valente, aquele que venceu a vida para desafiar a morte!

O escândalo era tamanho que a enfermeira veio até a porta, analisando se deveria interferir. O velho esticou as mãos, ao que Fred tomou-as, auxiliando-o a sentar-se e firmar o tronco.

— Eu sou Tata Valente. A vida e a voz de todos os Valente do mundo. Eu venci a vida, desconheço o medo, eu corri todos os perigos e avancei. Um passo à frente? Sempre. Eu sou a valentia!

Novamente tossiu, curvando o corpo a cada dolorosa investida, dobrando-se sobre si mesmo até novamente deitar. Confuso, Fred ergueu-se: de olhos fechados, novamente Tata Valente lutava para respirar, treze desafios vencidos e agora sequer conseguia respirar. A enfermeira respondeu ao olhar confuso:

— Uma vez por dia ele faz isso, mais ou menos às onze horas. Levanta, grita essas mesmas coisas e volta a dormir. Mas hoje foi mais forte... De repente ele começou a receber visitas e ficou pior... Vocês moram longe daqui?

Cada vez mais confuso, meneou com a cabeça. Ao invés de respostas, a solução da pista só trouxe mais perguntas...

— Outro dia foi um senhor bastante elegante e perfumado quem veio... Bem, se não precisar ir, converse com ele. O que nossos velhinhos mais sentem falta são as histórias do dia a dia. Acho que, mesmo sem responder, eles gostam de nos escutar...

Assentiu ainda confuso... Não poderia ir embora sem descobrir algo e, como ainda era cedo, distante o horário em que as aulas terminariam, decidiu ficar. Cogitou contar uma história, conhecia tantas, mas seria estranho narrar para Tata Valente, o mais valente dentre os Valente, uma história da qual era ele mesmo o personagem, além do que certamente já ouvira, como todas as crianças Valente, todas aquelas insuportáveis histórias uma centena de vezes, no mínimo treze vírgula catorze cada uma delas, conforme calculara o tio Adoniram. As histórias novas seriam as dele ou da irmã, histórias do colégio, das brincadeiras na rua de cima, mas essas seriam bobagens de criança que tinha vergonha de contar e que o grande Tata Valente certamente não queria ouvir. Manteve-se ali, quieto, pensando quem da família havia visitado Tata Valente, porque ele não vivia com eles, e como tudo aquilo se conectava com o desaparecimento do tio...

Acostumado à figura do ancião, o peito subindo e descendo no ritmo da difícil respiração, reparava nos demais leitos e na rotina do asilo: as enfermeiras amparando ora um ora outro idoso, ajeitando um travesseiro, elevando uma perna, buscando água, preparando um banho, trocando uma fralda... Era um tanto triste... Um homem como Tata Valente terminando assim sozinho, esquecido, fraco, tão miserável quanto cada um daqueles que cumpriram a vida de forma desleal e covarde. Para que tanta valentia, se terminava sempre assim?

A enfermeira anunciou a hora do almoço e, sem esperar a resposta de Fred, deixou um prato em sua mão. Ia responder que não estava com fome, mas felizmente deteve-se: a comida era para Tata Valente. Queria que o ajudasse a se alimentar...

— Eu...

— Apenas encha a colher e aproxime dos lábios dele. O resto acontece sozinho... São como bebês...

Reparou como as enfermeiras faziam antes de começar. Era surreal tudo aquilo. Dar comida na boca de Tata Valente, que vencera os macacos de bunda careca sobre as árvores, que roubara um beijo da filha brava do chefe indígena, dar colheres de ravioli com almôndega na boca do mais valente dentre os Valente. Surreal! Partiu as três almôndegas em pedaços menores, completou a colher com cinco raviolis e um pedaço de carne e tocou os lábios acinzentados, sem medo, delicadamente. A boca se abriu e ele derramou o conteúdo. Mastigava com dificuldade, esforçando-se por algo que sempre parecera tão automático, exceto quando o prato preparado pela Leão era demasiadamente intragável e só restava empurrar a comida para um lado e para o outro, disfarçando até que todas as diferentes versões da mesma história tivessem sido contadas.

Sorriu diante de uma ideia: ante a saudade do tio Adoniram e aquela deglutição tão lenta, decidiu contar os pedaços de macarrão conforme Tata Valente os engolia. Eram três almôndegas, com os cinco pedaços da primeira colher, oito, com outros cinco eram catorze — não, treze! — e outra colherada num lento processo até que terminasse. Completou a soma um tanto intrigado ao final da refeição: oitenta e sete. Por acaso oitenta e sete era um número primo? Quais eram mesmo as regras de divisibilidade? O peito sobressaltou-se: e se fosse precisamente um número primo?

Descansou o prato vazio na pequena mesa que amparava a cama, abriu a mochila e apanhou caderno e lápis. Um número é primo quando só pode ser dividido por um e por ele mesmo. Oitenta e sete não era divisível nem por dois nem por quatro, por ser número ímpar. Por cinco também não era, por não terminar com cinco nem zero. Faltava o três e o sete. Tentou dividir por três: vinte e nove com resto zero. Então não era primo! Parecia que era... Que quase coincidência engraçada...

Sorrindo ergueu a cabeça do caderno e encontrou a fila de pratos dos velhinhos que ainda seriam alimentados: todos tinham uma única almôndega — todos! — sem exceção! Será que era uma pista? Não era possível! Era isso? Não podia acreditar!

— Desculpe atrapalhar, mas por que só o prato dele tem três almôndegas?

A enfermeira fez uma expressão confusa, duvidando da frase que escutara.

— Veja, todos os pratos têm só uma almôndega, todos! Eu sei que parece loucura, mas é importante. Por que só o dele tinha três almôndegas?

— Isso é com a cozinha... — indicou a direção com a cabeça, ainda incrédula com a pergunta.

Fred avançou primeiro em passos rápidos e firmes na direção indicada, o som do movimento reverberando pelo asilo, mas subitamente reduziu o ritmo, percebendo às suas costas a outra enfermeira se interessar pelo que perguntara.

Surgiu na porta da cozinha e aguardou que reparassem nele. Havia grandes panelas, as maiores que já vira, descansando sobre o fogão apagado. De costas para a porta, uma senhora cantarolava baixinho: seu corpo era grande, o cabelo contido por uma touca branca, os pés enormes e inchados, parecendo amassados pelo peso dela.

— Oh, menino! — sorriu bondosamente — Que susto!

Antes de mais nada, desculpou-se por incomodar. Sabia que parecia loucura, e não queria atrapalhar. Por favor, não leve a mal. Viera ver o Tata Valente, ajudara a dar a comida e por acaso contara a quantidade de almôndegas e raviolis. Dera exatamente oitenta e sete...

— Você deu comida para ele? Ah, que rapaz você é...

Fred sorriu, novamente enrubescido.

— Quando eu comecei a trabalhar aqui, recebi essa tabela. Disseram que era uma dieta, que o seu Tata só podia comer as coisas que tinham essas quantidades. Então conto todo dia para dar certinho! Mando inclusive nesse prato para saberem que é dele!

Abriu, então, o livro de receitas no qual, na contracapa, estava colada a tabela com a sequência de números, que claramente não eram os primos: 1, 4, 6, 9, 10, 14, 15, 20, 21 até o 321.

— Nunca cheguei no trezentos e vinte um, acho que ninguém aguentaria comer tanto — riu, divertida — Está tudo bem? O pessoal da sua casa quer que eu mude alguma coisa?

— Não, não. Está tudo ótimo. Bom saber que vocês cuidam bem dele...

— Vocês precisam vir mais aqui. Desculpe comentar, mas ninguém mais visita a ele, só agora vieram vocês. Quando comecei aqui, o seu Tata era o meu preferido. Passava o dia nos contando histórias de como fora corajoso na juventude, de como fizera isso e aquilo. Vinham sempre parentes, sempre tinha visitas, às vezes gente importante só para ouvir as histórias dele. Costumava ficar aqui comigo, me vendo trabalhar. O dia mais engraçado foi quando fui matar uma galinha, sei fazer uma galinha como ninguém, e a danada escapou e correu na direção da porta. Seu Tata deu um grito e um tremendo pulo para trás. Parecia um menino de tão longe que pulou gritando. Logo ele que passava o dia se gabando de como era corajoso. Muito engraçado... Logo ele...

A cozinheira percebeu os olhos arregalados de Frederico Valente, mas ignorou, despedindo-se e recomendando que voltasse para novas visitas. Entregou-lhe o papel com a tabela nutricional, já decorara a sequência, podia levar já que se interessara. De volta para a cama com o papel entre os dedos, respondeu à enfermeira que estava tudo certo, agradeceu e sentou-se novamente ao lado de Tata Valente, supostamente o mais valente dentre os Valente. Sentia o coração bater forte, o sangue acelerado, ansioso para contar tudo aquilo para a irmã. Não sabia o que significava, mas certamente havia algo: os alimentos numa sequência numérica especial até o trezentos e vinte um, embora não fossem números primos eram uma pista, e a revelação de que Tata Valente, de quem ouvira todas as histórias de valentia já contadas, referência para qualquer um dos Valente viventes, o homem que fizera isso e aquilo, o personagem que o atormentava por ser o símbolo da coragem que Frederico Alberto Valente jamais teria, tinha — como ele, como ele! — medo de galinhas, e não um medo antigo e infantil, não um temor vencido, mas ali, adulto, gritando e pulando quando a galinha escapara, era demais! Era algo a ser contado, essa sim uma boa história! Bem que sentira, que sempre soubera, que havia exagero naquelas histórias todas. Talvez justamente por isso Tata Valente, o grande Tata Valente, não vivia com eles na enorme casa: longe podia seguir sendo o grande mito inatingível! Era isso então. A família o inventara e tivera de manter longe para sustentar a mentira. Ou ele inventara, espalhara todas aquelas histórias e, agora, tinha que ficar longe da casa para não ser desmascarado. Uma vida de mentiras não podia ter outro final que não a solidão.

    Faltava algo, uma última prova para revelar a farsa: pôs-se de pé, pegou a borda da coberta e começou a descê-la, agora muito distante da reverência que sentira ao chegar. Era apenas um velho mentiroso. Desceu o cobertor até encontrar as mãos do ancião, que descansavam sobre o peito fraco. Ali estava a prova definitiva: dez dedos. A suposta prova de coragem, quando decepara os próprios dedos para surpreender o mais velho dos Caetés e vencer o chefe guerreiro, jamais ocorrera. Ninguém arrancaria os próprios dedos daquela forma: uma bobagem. Cobriu de volta o outro, mirou-o com pena uma última vez antes de voltar para casa: um pobre miserável mentiroso morrendo sozinho, uma família a repetir e aumentar mentiras pelos séculos dos séculos.

1	4	6	9	10	14	15
20	21	22	25	26	33	34
35	38	39	46	49	51	55
57	58	62	65	69	74	77
82	85	86	87	91	93	94
95	106	111	115	118	119	120
121	122	123	129	133	134	141
142	143	145	146	155	158	159
161	166	169	177	178	183	185
187	194	201	202	203	205	206
209	213	214	215	217	218	219
221	226	235	237	247	249	253
254	259	262	265	267	274	278
287	289	291	295	298	299	301
302	303	305	309	314	319	321

Capítulo XIII

Ao dobrar a esquina e ver-se novamente diante da enorme casa da família Valente, o mesmo ponto que há poucos dias revelara uma dezena de viaturas separando-o da fortaleza tornada residência, Frederico Valente interrompeu o ritmo dos passos e suspirou: contemplou as longas sombras que o entardecer dispunha familiarmente sobre cada casa e cada fenda, subitamente julgando o cenário um tanto diferente, como um sonho no qual se está num espaço conhecido, porém inédito. Vista dali a casa não parecia tão grande, as pedras que a sustentavam estavam sujas e a madeira das janelas apodrecida, a rua bastante estreita, o calçamento repleto de enormes falhas por onde escapavam tufos de mato não cortado. Talvez fosse apenas a luz ou o cansaço...

Cruzou a porta principal com naturalidade, recordando que supostamente estivera até mais tarde na escola para uma aula de reforço: Valentina diante do telefone, ansiosa pela próxima ligação, a Leão reclamando em voz alta enquanto mexia nas gavetas.

— Ela nem percebeu que você não estava. Está feito doida atrás de uma faca que perdeu...

— A faca está comigo!

A irmã sorriu divertida, certamente pensando que não haveria motivo algum para levar a faca, exceto confundir a Leão. Estava aliviada pelo retorno tranquilo de Fred e ansiosa para saber de tudo. Pelo olhar do irmão sabia que havia algo, mas, ainda assim, aproveitaria da situação: pediu a faca, valeu-se da ida da avó ao banheiro e a colocou no fundo da gaveta que fora aberta tantas e tantas vezes naquele dia, lugar de onde não deveria ter saído. Após o banho e a janta, já no quarto, os gêmeos riram alto, eufóricos ao escutar a Leão finalmente encontrar a lâmina, acusando o velho de ter retirado e devolvido sem que ela visse, ouvindo como resposta que estava definitivamente caduca.

— Você é má, Valentina.

Contou cada detalhe, revivendo cada passo, sentindo as impressões brotarem na irmã a partir de cada palavra, tão próximos que os pensamentos pareciam transmitidos de um para o outro: a grande tragédia em relação aos gêmeos é que, a cada dia vivido, estavam um pouco mais distantes, tal qual as galáxias que se afastam inexoravelmente desde o princípio do universo. Nunca mais seriam tão próximos como naquela noite, deitados na mesma cama a dividir o relato da aventura, da mesma forma que já haviam se distanciado muito daquele momento inicial em que, tocando as mãos, descobriram dividir um mesmo ventre.

Interrompeu Fred no exato instante em que mencionou as mãos intactas de Tata Valente, segurando-o no braço com urgência:

— Fred, por favor, conte tudo novamente, do começo. Como se fosse a primeira vez. Todos os detalhes possíveis a partir do momento em que chegou ao asilo.

Contou novamente, conhecendo com a repetição detalhes que ele mesmo desconhecia. Quando mencionou pela segunda vez o momento em que puxou o cobertor, a irmã suspirou, meneando com a cabeça:

— É mais complicado ainda, então…

— Sim!

— Além de tudo, temos um impostor se passando por Tata Valente…

Fred ergueu-se da cama num salto, abrindo os braços, piscando os olhos para saber se a irmã falara sério ou brincara. Um impostor? Não havia impostor nenhum! Aquele era Tata Valente, o verdadeiro Tata Valente, e as histórias todas sobre ele eram mentira! Não havia chefe índio, presidente de companhia telefônica, tigres em árvores, treze desafios, dedos decepados, tudo eram histórias, folclore familiar. Pelo menos tinham descoberto cedo: não seriam eles também a repetir aquelas bobagens ao longo da vida...

— Não posso acreditar no que estou ouvindo sair dessa sua boca mole, Frederico Alberto Valente. Não seja tonto! Você acha então que toda a família, há tantas décadas, está simplesmente sendo enganada? Que você é o único certo? Acha mesmo que seria possível enganar todos os Valente, com todas essas histórias, por tantos anos, e acha tudo isso só porque conheceu um velho com todos os dedos que diz ser Tata Valente? Não seja tonto!

Não era só um velho. O endereço estava no caderno da Leão sob o nome Tata Valente. As pessoas no endereço diziam que ele era Tata Valente, assim como ele mesmo. E diziam também que ele tinha medo de galinhas, e Fred vira que não faltavam dedos em sua mão. Quem estava sendo tonto ali? Não achava que a família armara algo, mas que as histórias daquele velho foram aumentadas por cada

Valente até esse sem fim de histórias que os rodeava desde a primeira infância. Pela primeira vez via as coisas com clareza, porém sempre soubera. A família, presente em todos os acontecimentos históricos, desde o império romano até as grandes guerras? Nos livros sagrados, na fundação das cidades, na descoberta dos continentes? Em trezentos anos diriam que um Valente fora o primeiro homem a pisar na lua! Se era tudo verdade, por que os Valente não estavam nos livros de história? Onde estavam as provas daquilo tudo? Era hora de despertar! Não havia maldições, nem destino, nem nada: ele, ela, o pai, a mãe, o avô, a avó e o tio eram pessoas como quaisquer outras. Só uma família como qualquer outra! Não havia nada de especial neles, o que era um alívio...

—Você está errado, Frederico. Não consegue ver o que está na sua frente: o velho é um impostor. Aí está a pista que buscávamos, por isso tio Adoniram nos mandou para lá. Esses números também devem significar alguma coisa, claro, mas você está tão magoado com a família desde a nova escola e os malditos pombos, tão triste com tudo que não consegue ver isso. Só vê o que quer, preferiu acreditar no mais fácil, não acreditar é sempre mais fácil, pegar qualquer absurdo e transformar em evidência. E esta casa? Quem mora num lugar assim? Isso é mentira também? E os tesouros que você gostava de caçar quando criança, as relíquias dos Valente de outros tempos, por que estão escondidas nesta casa? Ninguém era melhor que você para encontrá-las. Onde foi parar o menino que caçava relíquias melhor do que ninguém?

A casa não era prova de nada. Só uma velha fortaleza que ficou de herança para a família, talvez o porteiro fosse um Valente e ficara com as chaves após alguma guerra. Inventou uma história que o colocava no centro dos acontecimentos para os filhos, estes para os netos, e uma geração após a outra até o nascimento dos gêmeos, quando havia tantas mentiras, umas sobre as outras, que era possível se contar dezessete versões diferentes da mesma história. Como a irmã não enxergava o óbvio? Justamente por isso que havia tantas versões dos mesmos fatos: porque eram invenções! Não existiam dezessete versões diferentes na aula de história, nos textos sagrados, na família dos Silva, dos Santos ou dos Silva dos Santos: eram tão mentirosos naquela família que ainda insistiam em manter todas as versões, mesmo contraditórias!

— A diferença é que eu não preciso de provas como você, Frederico. Há muito tempo você está desiludido, isso foi crescendo em você. De repente, ficou mais fácil acreditar que é tudo mentira, que nossa família não é tudo isso: é mais fácil negar porque não exige nada de você. Mas entenda: eu sei que é verdade. Eu sinto! Não preciso de prova alguma. Está em mim. Eu sempre soube e, se o homem se diz Tata Valente e tem todos os dedos da mão, é porque é um impostor. Eu sei disso! Desde que a mamãe foi embora, você...

— A mamãe não tem nada a ver com isso!

Perceberam que gritavam quando o velho Valente abriu a porta do quarto, interrompendo-os. Com as sobrancelhas levantadas, olhou para um e para o outro, ergueu o canto de um dos lábios num meio sorriso provocativo:

— Vão parar de brigar ou armo um ringue e levanto umas apostas?

Suspiraram... Parariam de brigar... Ficaram então quietos, cada um em sua cama, resmungando toda a discussão, tudo que deveriam ter dito, como o outro podia ser tão ignorante diante do óbvio...

— Fred, não é brigando que vamos encontrar o tio Adoniram.

Estava certa... A primeira coisa a fazer era estudar os números e ver se eles revelavam outra pista. Era mesmo estranha aquela sequência até o trezentos e vinte um já que ninguém jamais comeria tanta comida... Havia alguma coisa ali, mas sequer imaginava por onde começar a decifrar...

— Existem muitos mistérios envolvendo esse asilo e o suposto Tata Valente, mas devemos nos concentrar no que nos levará ao tio Adoniram. Além dos números, outra parte que me chamou a atenção foi esse suposto familiar que apareceu lá. Claro que é estranho Tata Valente estar tão perto e nunca termos conhecido, e ele não morar aqui conosco, e a comida ser dada para ele em números escolhidos, parecido com o jeito como o tio Adoniram come. Mas alguém foi lá e perguntou por Tata, certo? Disseram como mesmo, "de repente todos vocês da família apareceram"? Precisamos descobrir quem foi lá. Certamente esse alguém está envolvido no desaparecimento. Talvez seja o responsável! Descobrindo quem é, contamos tudo para o papai! Como disseram que era mesmo a pessoa?

— Um senhor bastante elegante e perfumado, foi isso que a enfermeira disse...

— Quem será que pode ser?

— Para começar, acho que não é um parente de verdade. É algum envolvido no desaparecimento que foi lá se passar por um Valente. Isso indica que nós estamos no caminho certo: a pista do quarto dizia "TATA" e esse senhor bastante elegante apareceu lá alguns dias após o desaparecimento. Nossas melhores chances são descobrir quem é essa pessoa e se esses números significam outra coisa. Com isso descobriremos a relação entre o desaparecimento e Tata Valente e daí onde afinal está o tio Adoniram. Mas essa pessoa que foi até lá pode ser alguém que nem conhecemos...

— Pode ser, mas eu pensei em alguém... Talvez eu esteja errada, mas acho que o diretor Mata Ratos está envolvido e que ele é esse senhor elegante. Pense comigo: ele está interessado demais na história. Disse que só quer ajudar, mas falou conosco aquele dia, foi encontrar o vô na sinuca para oferecer uma visão científica do caso e ainda pediu para ver o quarto do tio. O quarto era justamente onde estava a primeira pista. Não é muito estranho? O diretor Mata Ratos ficou diferente desde que o tio Adoniram sumiu. Todo voluntarioso, logo ele que colocou como única condição para estudarmos lá o tio Adoniram nunca aparecer na escola. Não é muito estranho?

Era muito estranho. A porta do quarto se abriu e os gêmeos se voltaram com o mesmo sorriso, certos de que o velho Valente retornava — talvez com um suco?! — para ver se estava tudo bem entre eles. Desmancharam simultaneamente a expressão sob o som da velha dobradiça se movimentando com dificuldade, das sombras do corredor emergindo a face esquálida e fúnebre do diretor Mata Ratos. Fred e Valentina prenderam a respiração e sentiram o coração acelerar, os olhos subitamente muito mais abertos do que o normal, sem conseguir disfarçar o pânico:

— Perdão, infantes, se vos assombrei...

Quando finalmente a porta concluiu o lento, pesado e difícil movimento, revelou também a silhueta do pai, visivelmente mais magro e cansado. O pânico inicial pelo súbito aparecimento do diretor Mata Ratos na casa, em frente ao quarto, justamente quando falavam sobre ele, foi substituído por uma náusea crescente: afinal, o que fazia ali? Primeiro o pai os parabenizou, dizendo que, segundo o diretor, ambos estavam se saindo muito bem na escola nova, para depois explicar o convite: Tal qual o Adoniram, o diretor era um cientista e iria checar as anotações deixadas nas paredes do quarto em busca de alguma evidência. O diretor Mata Ratos fora muito gentil ao encontrar o pai na delegacia e se prestar a ajudar. Já demonstrara profunda distinção antes, ao conceder a bolsa de estudos para os gêmeos, e agora novamente mostrava-se um homem de valor.

— Ora... Nada menos que a minha obrigação, Alberto.

Deixaram o corredor em direção ao quarto do tio Adoniram, de repente os gêmeos se encontrando numa mesma e incontrolável fúria, raiva impulsionada pelo ponto de apoio. Precisavam agir, imediatamente! O diretor se aproveitava da gentileza do pai e dos avós, assumia a postura de melhor amigo da família, infinitamente disposto a ajudar, quando na verdade era o principal suspeito. Dois meses antes impusera como condição o tio Adoniram manter distância mínima da escola e agora oferecia uma visão científica sobre o caso, encontrava o velho Valente na sinuca, o pai na delegacia, convocava os gêmeos à própria sala e, pior, visitara Tata Valente — ou o impostor que se passava por Tata Valente, como queria a irmã — apresentando-se no asilo como um parente? Precisavam agir, imediatamente! Certamente havia algo nas paredes que interessava ao diretor Mata Ratos e que deveriam proteger, talvez algo além da pista que apontara para o asilo de Tata Valente, talvez algo que tio Adoniram descobrira e que seria o motivo pelo qual desaparecera. Precisavam tirá-lo de lá, imediatamente!

— Fred, café!

Desceram as escadas correndo em direção à cozinha onde a Leão resmungava contra a visita, essa gente que vinha bisbilhotar se a louça estava limpa para ter assunto na praça. Pode requentar uma xícara de café, vó? Papai pediu para servir uma xícara para o diretor. A Leão providenciou entre bufadas e resmungos — São bons para roubar facas, mas não esquentam um café. Valentina ajeitou o pires e a xícara sobre uma pequena bandeja, que deu nas mãos de Fred: apenas fosse até lá e servisse, o resto era com ela. Como é que fariam? Ele entendera que o plano era derrubar café no diretor Mata Ratos, mas não era tão simples fazer parecer um acidente, mesmo com a fama de desastrado que carregava. Se percebessem que fora de propósito, não haveria como dar uma explicação razoável! A vontade era contar tudo para a Leão: se ela soubesse que o diretor Mata Ratos era na verdade o principal suspeito, sem dúvida liquidaria o assunto com o mesmo rolo de macarrão com o qual, nas noites de lua cheia, buscava o velho na sinuca.

Pé ante pé refez o caminho, a irmã atrás dele, o conjunto formado pela bandeja e xícara tilintando, o líquido se aproximando perigosamente da borda a cada passo desastrado. Derrubar o café parecia fácil, quase natural para ele. Difícil mesmo era acertar o alvo! Conforme subiam as escadas, o volume da voz do pai e do diretor aumentava — sobre o que conversavam? Não conseguia equilibrar o café e ouvir ao mesmo tempo...

Quando Fred divisou a soleira da tão familiar porta, recebendo no rosto o facho de luz da lanterna que o diretor usava para analisar as paredes, tudo aconteceu muito rápido: Valentina completou a subida com um pulo violento e um grito, acertando com uma cabeçada a bunda do irmão, que parte por acidente, parte propositalmente, saltou e tropeçou sobre si mesmo, atirando o conjunto de bandeja, pires e xícara de café diretamente na direção da luz.

— Que foi, Valentina?!

— Alguma coisa encostou na minha perna, um negócio frio e mole!

O pai apanhou a lanterna do chão e com ela investigou a escada, mirou cada degrau, depois o teto e as paredes. Moveu algumas pedras, concluindo que se tratava provavelmente de uma lagartixa. De volta ao quarto, a investigação que pretendera estava arruinada: xícara e pires quebrados, os filhos sentados no chão esperando por ele, o diretor Mata Ratos encharcado de café, a elegante camisa branca, paletó azul marinho, lenço de seda no bolso esquerdo combinando com a gravata, sapato de couro legítimo, tudo completamente manchado pela famosa receita de café da tia Vatela Valente.

— Que tragédia!

Conduziu o diretor Mata Ratos ao banheiro para que se recompusesse antes de partir. Conseguiram! Fora tão bem feito, tão natural, que jamais alguém desconfiaria. Melhor mesmo sem ensaiar, digno de um prêmio de atuação! Sorriam um para o outro, aos poucos se restabelecendo da euforia e contusões da aventura, solidariamente pensando a mesma coisa: podiam discordar em tudo, mas eram melhores trabalhando juntos.

— Fred, eu sei o que vamos fazer. Nós dois vamos entrar na sala do diretor Mata Ratos. Ele está envolvido e vamos pegá-lo. Sem dúvida há algo lá para nós...

Capítulo XIV

Quando diante da tabela nutricional da estranha dieta de Tata Valente, Frederico Valente não teve dúvidas de que era aquela a pista que procurava, o passo lógico seguinte do enigma cuja solução levaria ao tio Adoniram. Porém, duvidou completamente da própria capacidade de decifrar a questão: era diferente das frases do primeiro enigma e, por mais que olhasse a sequência numérica, não chegava a lugar nenhum... O primeiro no fim era bastante simples, só não conseguira antes pois a história dos gêmeos o atrapalhara. O segundo, contudo, era impossível...

O diretor Mata Ratos foi embora, em reverências e agradecimentos mesmo com as vestes encharcadas, a Leão resmungava a xícara quebrada — bisbilhoteiros, aproveitadores, ladrões e quebradores de louça, todos interessados em entrar na casa dela — o velho Valente aproveitou a confusão e disfarçadamente partiu para a rua, disposto a prosseguir nas visitas às sinucas e meretrícios da cidade em busca de informações sobre o filho. O pai foi dormir: cansado demais para conferir a lição ou conversar com os filhos penteando o bigode com três dedos, acertou o despertador e se deitou, sem interesse em nada além das míseras quatro horas de sono a ele reservadas. Estavam fazendo tudo errado... Não deveriam se unir para encontrar o tio Adoniram, ao invés de cada um conduzir a própria investigação?

— Sim, Fred, deveríamos, mas se contarmos o que descobrimos, o papai agradece e nos manda cuidar do telefone e não dar trabalho na escola, como antes. E naturalmente descartaria o diretor Mata Ratos como suspeito. Vamos seguir até conseguirmos algo de concreto. Após isso, contamos tudo.

Planejaram o assalto à diretoria excitados, as vozes reverberando perigosamente pela estrutura da casa. O plano era agir na aula de química, dali a dois dias. Fred iria conversar sobre o desaparecimento, dizer que estava chateado, pedir conselhos. Enquanto isso, a irmã faria algo terrível, algo que obrigasse o diretor Mata Ratos a deixar a sala correndo, esquecendo Fred lá dentro: nessa hora, trancaria a sala e fecharia as cortinas antes de investigar. Se encontrasse algo que incriminasse o diretor, avisavam o pai, salvavam o tio e caso encerrado. Tinham certeza de que o diretor Mata Ratos estava envolvido: todo aquele súbito interesse pela família e a descrição das enfermeiras sobre o parente que visitara Tata Valente se encaixava perfeitamente. Estava envolvido e iam pegá-lo!

— Por que a aula de química e não outra, já amanhã?

— Precisa ser algo grande. Algo que o faça esquecer de você e sair correndo. Vou explodir alguma coisa!

Valentina Valente... No trem que o trazia de volta, fervilhando ante a descoberta das mentiras de Tata Valente, as histórias que o atormentaram durante seus doze anos de vida e que não eram nada além de repetições exageradas ou mentiras descabidas, também pensara sobre a tão alardeada coragem familiar: dar um passo a frente enquanto todos recuavam, enfrentar sem pestanejar, sem calcular, desconhecer o medo era valentia ou inconsequência? Não seriam os Valente simplesmente loucos, apegados em demasia ao significado do nome e à lenda da família? Explodir o laboratório parecia um risco desnecessário...

— Frederico, não vamos discutir novamente. Esse velho impostor que se diz Tata Valente confundiu sua cabecinha oca. Assim que salvarmos o tio Adoniram, vamos pegar esse pilantra, se é que não se trata da mesma coisa e numa tacada só salvamos o tio, pegamos o diretor e desmascaramos o safado. Se fosse o verdadeiro Tata Valente, o mais valente dentre os Valente, viveria aqui conosco. Se fosse o verdadeiro Tata Valente, faltariam-lhe os três dedos que arrancou para vencer o desafio e não estaria num asilo: homens como Tata Valente enfrentam a própria morte, a velhice, a doença. Nunca Tata Valente estaria esquecido num asilo esperando a morte. Eu sei porque sinto. Portanto, concentre-se na sua parte: vá para a diretoria e, quando ele sair correndo, tranque a porta e encontre algo bom para nós. Eu explodo o laboratório!

A parte matemática parecia mais difícil do que explodir o laboratório. No chão do quarto, abriu o caderno e decidiu somar os algarismos, contando que alguma solução subitamente surgisse: um com quatro, cinco, com seis, onze, com nove, vinte. A irmã se aproximou, observando para conferir mentalmente e evitar que errasse, duvidando que aquilo levasse a algum lugar. Quinhentos e cinquenta e três com cinquenta e sete, seiscentos e dez, com cinquenta e oito, seiscentos e sessenta e oito. A cabeça doía e, após a viagem de trem e caminhada daquele longo dia, o sono era cada vez mais forte.

— Por que não resolve amanhã na aula com aquele menino tonto?

Esticou-se na cama, deixando o caderno cair. Não precisava do garoto repetente que comia cracas de nariz... Podia resolver sozinho, era só descansar um pouco... Acordaria mais cedo e terminaria antes da escola. Tal qual o pai, só precisava de poucas horas de sono para se recuperar. Em alguns instantes, um leite quente na cozinha e, antes do sol nascer, a nova pista estaria decifrada em suas mãos. Só precisava de um instante quieto...

Despertou com um chacoalhão da irmã, ambos atrasados, restando-lhes a boca amarga e o corpo ainda quente nos dez quarteirões que separavam a casa da escola. Precisavam correr: se chegassem atrasados, só entrariam na sala com autorização do diretor Mata Ratos! Tudo menos dar outra oportunidade para ele se dizer o melhor amigo da família!

Correram concentrados em não tropeçar, Fred marcando os passos no ritmo de uma musiquinha infantil cuja letra não lembrava corretamente. Horrível acordar e sair correndo, mas chegariam a tempo. Na sala de aula, Fred retomou o cálculo quando o coração acalmou, o garoto repetente ao lado dele, observando os esforços circenses dos professores por atenção. Mil e quinze com oitenta e dois, mil e noventa e sete, resultado, nova soma, resultado. Levara quase dez minutos para calcular a linha e ainda nem chegara à metade... Os números estavam cada vez maiores e o garoto ali, ao lado dele... O importante afinal era solucionar o enigma o mais rápido possível e encontrar o tio Adoniram... Um orgulho bobo ser ele a solucionar, e se dedicava à soma sem a mínima ideia do que estava fazendo...

Copiou a sequência de números em nova folha do caderno, destacou-a e passou-a para o colega sem dizer uma palavra. No exato instante em que o outro apanhou o papel, cada um sustentando a folha por um lado num olhar cúmplice, o garoto que liderava a sociedade secreta apontou o dedo e alardeou:

— Pombo Valente e o repetente estão trocando bilhetes de amor!

O sangue subiu até o rosto de Fred e lá se alojou, as bochechas, orelhas e talvez até o nariz vermelhos. Que raiva! Precisava dar um jeito naquele garoto! Pombo Valente era demais, e não era um bilhete de amor, mas sim um enigma matemático sério que o levaria a solucionar um verdadeiro caso de desaparecimento. Sentia-se ruborizado, envergonhado pelo rubor e com mais raiva ainda por novamente não ter reagido. O que é que travava nele nesses momentos? Precisava lembrar-se de estar sempre pronto para responder e se defender na escola! Não podia se desconcentrar! Se era capaz de ir até a estação sozinho, apanhar trem e ônibus, desmascarar Tata Valente e voltar, não podia travar diante de um moleque. E Pombo Valente já era demais!

O garoto repetente não enrubesceu. Delicadamente cutucou o nariz, comeu a craca que retirou e manteve os olhos nos professores até que a sala fosse novamente controlada. Focou então na sequência numérica: circulou os números um, vinte e cento e vinte. Rapidamente devolveu a folha de caderno para Fred com a solução, A T A T, e explicou que todos os números da sequência eram semiprimos, o resultado da multiplicação de um primo por outro. Todos, exceto os que circulara. Convertera então os números conforme a posição do alfabeto e chegara à solução. Era tão óbvio, mas a verdade era que Fred não teria conseguido. Nem sabia que existiam números semiprimos... Como era possível que aquele menino quieto e que fora reprovado — e era preciso ir muito mal na escola para ser reprovado! —, como era possível que justamente ele, e não um daqueles que anotavam tudo e eram adorados pelos professores, justamente ele resolvesse os problemas sem nem pensar direito?! Aproveitou a atividade em dupla da última aula para perguntar justamente isso, momentaneamente mais interessado na contradição do que na nova pista:

— Eu não reprovei por ter notas baixas, eu reprovei por faltas... Abandonei a escola ano passado. Fiz uma grande viagem.

Fred mantinha os olhos fixos no garoto, interessadíssimo, admirado com a tranquilidade com que narrava algo inimaginável.

— Meus pais não são como os outros. Ano passado completei doze anos e meu pai disse que já era um adulto. Assim, deveria empreender uma grande viagem.

Aquilo era sério?

— Tudo isso aqui é bobagem: esses garotos, o que os professores tentam ensinar, as provas, os testes... Não faz de verdade muita diferença...

Mas ele talvez fosse um gênio da matemática! Resolvia os problemas num instante...

— E que diferença faz a matemática ou qualquer outra matéria? A única coisa que importa é ver o mundo!

Ainda pensava no que o garoto dissera quando caminhou com a irmã de volta para casa, contando que o outro sem se esforçar resolvera o problema. O que afinal A T A T significava? Obviamente era TATA ao contrário, o exato oposto da primeira pista, mas o que indicava? Deveriam retornar ao quarto, ver algo ao contrário ou era uma sigla, as iniciais de algum lugar? Ou aquele velho covarde era o contrário do que se dizia sobre Tata Valente? Conforme tentava focar na solução do enigma, as palavras do garoto repetente voltavam-lhe à memória: de fato, que diferença fazia a escola, as provas, os professores? Para que tudo aquilo, para que aprender tudo aquilo?

— Cuidado com esse menino, Fred. Ele nos ajudou com a pista e está ótimo, mas pare por aí. A família dele é muito estranha: ouvi dizer que dormem no quintal e deixam os cavalos dentro de casa. Por mais que pareça legal, é uma loucura, uma irresponsabilidade mandar um menino de doze anos viajar e deixá-lo repetir de ano.

Talvez ela estivesse certa... Sempre reparava que o repetente era o único que não usava meias com os tênis, trazia o material sem mochila e tinha aquela mania terrível de cutucar o nariz. E era bizarro reprovar de ano para viajar ou ignorar o inegável talento matemático que possuía...

— A T A T e TATA pelo menos mostram que as pistas estão conectadas e as soluções corretas. E quem sabe descobrimos algo na sala do diretor que esclareça ambas? Na hora certa, você não pode vacilar. Tranque a porta, baixe as persianas e encontre algo para nós. Vou causar uma confusão que te dará tempo suficiente, mas trate de aproveitar. E deixe tudo no lugar depois! Faça como exercitamos: se imagine lá dentro, imagine a situação em todos os detalhes, viva-a por antecedência. Na hora, você age de pronto!

Tinha certeza de que seria capaz: desde que fora até o limite da rua, da avenida, do bairro e voltara, tudo parecia mais fácil. Desde que desmascarara Tata Valente, de certa forma sabia quem era: não havia nada de errado com ele, possuía o medo e a coragem de um rapaz da sua idade. A única distorção eram as mentiras da família que, iniciadas por Tata Valente ou ainda antes, o conclamavam a tornar-se algo que ninguém ali era, exceto Valentina.

— TATA e A T A T... O que o tio Adoniram quis dizer com isso?

Havia, também, pistas importantes na própria construção do enigma. A tabela de números semiprimos para alimentação de Tata Valente era algo antigo, herdado pela cozinheira quando começou a trabalhar ali, porém a anotação na parede era recente, próxima do desaparecimento do tio Adoniram... Como era possível que um enigma criado há poucos dias e outro de alguns anos se conectassem para a solução de um desaparecimento? De qualquer forma, ambos apontavam para Tata Valente, que a irmã inocentemente acreditava ser um impostor: Qual a possível relação entre aquele velhinho mentiroso esquecido num asilo e o desaparecimento do tio Adoniram, relação que inclusive levara o muito suspeito diretor Mata Ratos a visitar o asilo? Por que, antes de desaparecer, o tio Adoniram deixara uma pista exclusiva para Fred Valente, que indicava o famoso e esquecido Tata Valente?

— Eu não sei, Fred, mas não precisamos decifrar tudo isso para encontrar o tio Adoniram. Se a pista aponta para Tata Valente, o mais valente dentre os Valente, se o diretor Mata Ratos está todo interessado no caso e foi ao asilo, a casa, à delegacia do papai e à sinuca, desesperado por entrar no quarto do tio Adoniram, talvez encontremos algo na sala dele que o incrimine e, então, papai o detém, forçando-o a revelar a localização do tio Adoniram. Isso não é um livro policial, uma daquelas histórias de detetives: podemos pegar o culpado e salvar o tio Adoniram sem decifrar os enigmas, assim como podemos decifrar tudo e não salvar ninguém...

Valentina estava certa, como sempre. O senso prático que a guiava impunha uma força irresistível as suas ações. Contudo, uma ideia não o abandonava: lembrou-se da vez em que o tio mencionara questões que tinham diferentes soluções, todas corretas. Nestes casos, a comunidade científica elegia como certa a mais simples e elegante, por conta do senso estético do universo: invadir a sala do diretor, conseguir uma prova, entregá-la para o pai e assim salvar o tio Adoniram parecia tremendamente possível e eficiente, mas não elegante. E algo dizia a Fred que aquele caminho era infrutífero: um homem como tio Adoniram, que desaparecera num dia precisamente escolhido, não poderia ser localizado senão pelas elegantes linhas da estética matemática. Ou poderia? O que afinal TATA e A T A T significavam?

Capítulo XV

Do outro lado da mesa, o maço de folhas de papel, a resposta que esperava, a prova, o resgate, o fim da busca. Deste lado, as mãos suadas sobre a perna, os pés agitados em movimento contínuo, a respiração forte: após a explosão que sacudira o prédio, a sala subitamente vazia, porém a porta aberta e as persianas erguidas. Do outro lado da mesa a pilha de folhas de papel, distantes os sons da escola em movimento após a explosão: bastava controlar as mãos, coordenar os pés, erguer-se, trancar a porta e baixar as persianas, aproximar-se das letras miúdas arriscando o lado oposto e a cadeira alheia, bastava agir de uma vez, senão como o Valente que era, como o homem que precisava ser. Bastava um primeiro movimento, mas não conseguia! As mãos se descontrolavam e os pés chacoalhavam tanto que poderiam derrubar a mesa, mas não conseguia simplesmente levantar, fechar a porta e baixar as persianas!

Acordou, mas ainda era noite. Mudou de posição e manteve os olhos fechados, mas sabia que não conseguiria dormir novamente. Há duas noites, Frederico Alberto Valente iniciara o exercício: imaginava-se na sala do diretor Mata Ratos, uma explosão sacudia a escola e o diretor saía correndo. Então se levantava, trancava a porta, baixava as persianas e revistava cada canto da sala com atenção, lendo documentos em busca de informações importantes. Imaginava a sequência inteira muitas vezes antes de dormir, mentalizando que era dono de sua própria história e que conseguiria. Contudo, em seguida, adormecia e tinha o mesmo pesadelo: finalmente sozinho na sala, do outro lado da mesa a pilha de papéis em letras miúdas, os tiques do relógio a cobrá-lo enquanto os pés tremiam, as mãos suavam e não conseguia controlar os músculos e agir. Se conseguisse mover um único dedo, o resto seria fácil, mas o diretor o mandara esperar e o corpo tremia, as folhas tão perto, o tempo passando sem que nada fizesse... Será que conseguiria?

— É hoje, Fred. Estudei e é muito simples. Misturo vinagre, detergente e bicarbonato e a coisa explode. Jogo longe e puxo o alarme de incêndio: será a sua deixa. Acho que a explosão vai ser pequena, só um susto, mas darei um grito tão histérico antes de puxar o alarme que vão achar que é uma bomba atômica!

Pelo menos ele ficara com a parte fácil. Duas palavras e estaria diante do diretor, o alarme tocava e revistava a sala. Nunca seria capaz de misturar produtos químicos escondido do professor, explodir tudo, atirar longe, gritar e puxar o alarme de incêndio. Apesar dos exageros da família, era fato que na formação gemelar a irmã ficara com o dobro de algo que ele não possuía. Ela era o ideal da bravura e valentia que a família inventara para si. As histórias a haviam inspirado; seria da mesma maneira, se jamais as tivesse escutado? Curioso o ideal de bravura surgir inspirado por aqueles contos fantásticos...

A primeira aula era de matemática. Mais do que nunca, reparava no garoto repetente que vira o mundo. Se por pegar trem e ônibus, Fred já se sentia homem entre meninos, o que não pensaria deles aquele garoto que conhecera as bordas bárbaras da terra? Era por isso que comia despreocupado as cracas de nariz, sem se incomodar com ninguém: ante a vastidão aguardando seu retorno, que diferença fazia aquele punhado de moleques? O cavalo dormia na casa, a família no quintal: a escola estaria lá, o importante era não perder a oportunidade de ver ao longe. Era brilhante em matemática, mas não se importava em tirar boas notas, pois queria mesmo descobrir povos, terras e mares. Naquele dia, incapaz de se concentrar na aula de matemática, pelo canto do olho Fred acompanhava a luta do garoto repetente em apanhar uma craca instalada em algum ponto profundo. Como Fred seria e como seria o garoto, se tivessem nascido um na família do outro? E como agiria aquela sala, quando o chão tremesse e o alarme de incêndio disparasse? O sinal a anunciar o fim da aula o devolveu ao problema que o aguardava: será que conseguiria? Não teria outra chance e a irmã jamais perdoaria aquela covardia...

    Valentina passou o intervalo do outro lado do pátio, contando uma história para um grupo de meninos que parecia não piscar, dia após dia dedicando-se a segui-la desde o primeiro, quando colou na carteira a menina que a destratara. Se já a idolatravam por isso, o que não fariam quando fabricasse e detonasse uma bomba durante a aula de química? Combinaram de permanecer distantes para disfarçar a trama, porém, um instante após o novo sinal intimá-los a retornar às aulas, a irmã dedicou-lhe demorado olhar: não falharia. Não deixaria que ela se arriscasse tanto por nada. Temia que as pernas chacoalhassem descompensadas e as mãos se desfizessem em suor, mas, mesmo que fosse como no pesadelo, daria um jeito! Pela irmã, não falharia!

    Subiu as escadas, cabeça baixa, concentrado no movimento dos pés. Quando tocou o último degrau e ergueu o rosto, a sombra alta e curvada do diretor Mata Ratos o encontrou, a cabeça desproporcional, enormes e escuras bolsas no rosto flácido sob os olhos pregados no corpo desengonçado. Sem mais pensar, Fred se aproximou e pediu para conversar, sentindo o cheiro acre que morava na boca do diretor quando respondeu que o acompanhasse até a sala. Ali estava, conforme sonhara e imaginara: de um lado da mesa, o diretor Mata Ratos, do outro ele, por toda a sala os papéis e objetos que em breve investigaria. Felizmente, até então, as mãos e pés sob absoluto controle...

— Frederico Alberto Valente, filho do tão prezado amigo Alberto Valente, neto do velho Valente. Como posso ajudá-lo?

— Quando minha mãe volta?

A tranquilidade desapareceu do rosto do diretor Mata Ratos, que paralisou em olhos arregalados, incapaz de desviar o olhar de Fred ou de responder. Frederico Valente estava igualmente estupefato: não planejara perguntar aquilo, não imaginara a situação, sequer relacionava a mãe àquela situação! Ensaiara apenas reclamar da dificuldade das matérias, ou se dizer preocupado com o tio Adoniram, porém o comentário escapara, como se aquelas palavras tivessem ganhado vida própria!

— Ah, Fred, desculpe, Frederico, eu não sei o que dizer, não tenho... Quer dizer, não sei... É... Bem, como você se sente em relação a isso?

Também não sabia dizer...

— Seria bom você conversar com seu pai sobre isso... Eu tenho um grande respeito pelo seu pai, por toda a família Valente. Os Valente e os Mata Ratos são próximos há muitas gerações...

O grande Jonas Valente, famoso desde o dia em que comeu a baleia, comprou os enormes e bem afiados talheres necessários à deglutição na loja para canhotos de Ermelino Mata Ratos, parente distante do diretor. Os baldes d'água com que Nero Valente apagou o incêndio de Roma foram emprestados da casa de Ângelo Mata Ratos, pois eram vizinhos. Era o ferreiro Mata Ratos quem afiava a espada de Ricardo Valente, conquistador da cidade sagrada, e os canhões instalados na grande casa da família Valente foram importados por Francesco Mata Ratos, tataravô do diretor. As cordas com as quais se enforcavam piratas, o aço afiado das espadas, a pólvora das baionetas, as bolas dos canhões passavam pelo tino comercial de um dos Mata Ratos, e era graças a estes que os Valente se faziam.

— Gosto de pensar que nós, os Mata Ratos, preparamos o palco para vocês, Valente, brilharem.

Isso, claro, quando não nos honram com um banho de café!

Fred sorriu. Por que a irmã demorava tanto?

— Existem dois casos que gosto de contar, histórias das nossas famílias. A primeira envolve Tata Valente, o mais valente dentre os Valente. Meu bisavô trabalhava na companhia telefônica, isso no começo do século passado. Queria crescer na empresa e, para isso, buscava um meio de ser notado pela diretoria. Surgiu, então, numa reunião em que não foi convidado e propôs interligar os sistemas, pois, na época, só o litoral tinha telefone, um sistema precário e ineficiente. O problema era a floresta: além da falta de estrutura e custo alto da empreitada, havia os Caetés, que dominavam o território e matavam qualquer branco que se aventurasse. Foi meu bisavô quem sugeriu o nome de Tata Valente, e o resto da história você já conhece.

Então também ele acreditava naquela história: era impressionante como uma mentira podia crescer até tornar-se fato! O tal bisavô Mata Ratos, em vez de elucidar o conto, preferiu se incluir na fábula, igualmente num papel importante, outro herói de papel. Aquela tagarelice começava a irritá-lo e, a cada volta do relógio, perguntava-se o que acontecera com a irmã, que ainda não tocara o alarme de incêndio.

— Outro caso, de que gosto bastante, envolve justamente seu tio Adoniram. Aliás, fique tranquilo quanto a isso, Frederico. Seu pai é um ótimo policial e tenho certeza de que irá encontrá-lo. O Adoniram deve ter se metido em alguma confusão, mas nada além disso. Pois bem, quando seu tio inventou o descascador de bananas, achei simplesmente brilhante, mas ninguém queria comprar. Acompanhava os esforços do Adoniram, visitando fábricas e empresários em busca de investimentos, mas só recebia negativas. Então convenci meu pai a investir, seguindo justamente a tradição da minha família. E foi um ótimo investimento! Meu pai, o famoso industrial Mata Ratos, recompensou-me com essa escola. Era uma simples associação técnica de automação, frequentada inclusive pelo seu tio, e que transformei nesse colégio incrível, onde agora vocês podem estudar. Um ótimo negócio para todos...

Que novidade era aquela?

— Portanto, Frederico, o que posso te dizer é que os Valente e os Mata Ratos sempre caminharam juntos. Sei que seu tio logo estará entre nós, e será com alívio que toda a cidade receberá de volta tão querido filho, nosso adorado Adoniram. Sei que é muita coisa e inclusive orientei seus professores. Tenha em mim um amigo e confie: logo tudo estará esclarecido...

O sinal anunciou o fim da aula e o diretor se levantou, acompanhando Fred até a porta. Apanhou o material, a mochila que o aguardava esquecida sozinha na sala de aula vazia, procurou inutilmente a irmã pelos corredores até decidir voltar sozinho. O que acontecera? Caminhou em direção a casa ainda atormentado pela conversa com o diretor: as bobagens de Tata Valente em que um dia também acreditara, o descontrole que o levara a, num repente, perguntar sobre a mãe, o envolvimento do diretor Mata Ratos na compra da grande invenção do tio Adoniram. Será que isso também tinha a ver com o desaparecimento? No fim, isso incriminava ou inocentava o diretor Mata Ratos? Precisava encontrar a irmã, discutir e descobrir porque afinal não disparara o alarme!

Encontrou-a na esquina do segundo quarteirão do caminho entre a casa e a escola. Uma dezena de metros antes de efetivamente encontrá-la, Fred percebeu que estava terrivelmente mal humorada, o cenho franzido, torcendo os próprios dedos, e a sensação também o inundou, num dos muitos mistérios que compõem o coração dos gêmeos.

— Nem pergunte, Frederico, nem pergunte.

Caminharam lado a lado, em silêncio. Num repente a irmã bufou e disparou:

— Esses livros de química são inúteis. Ou eu que sou burra mesmo, burra demais! Peguei as substâncias sem ninguém ver. Misturei tudo conforme a receita. Em vez de explodir, a coisa borbulhou, ferveu e se transformou numa espuma. Uma espuma cor de rosa e com cheiro de chiclete. Que raiva! E aquelas meninas ainda acharam lindo! Elas me rodearam, pediram para repetir, bateram palmas, levaram um pedacinho para colar no diário de recordações, dando tanta atenção que não pude fazer mais nada. Fiquei completamente angustiada: você lá e eu não consegui fazer a minha parte. Que raiva! Que vergonha! Amanhã arrumo uma briga e vou eu mesma para a diretoria. Ou arrombo a porta! Que raiva daquela maldita espuma, cor de rosa e com cheiro de chiclete! Ou li errado ou esses químicos não sabem nada. Pelo menos serviu de alguma coisa a visita à diretoria?

Na verdade, servira sim. A mãe, a história das famílias, as mentiras também dos Mata Ratos, como sempre Tata Valente e a invenção do tio Adoniram. Por que raios falara da mãe?

— Fred, em primeiro lugar, use a cabeça. Quando nós estamos certos e o mundo todo errado, ou se é um gênio, ou é você o errado. E, desde que inventaram o mundo, sempre existiu muito mais gente errada do que gênios por aí. Portanto pare de achar que só você está certo sobre Tata Valente. Agora, o que a mamãe tem a ver com isso? O que te deu?

Só estava preocupado com a mãe, há tempos não sabiam dela e não tinha para quem perguntar. Para Valentina era tudo fácil e já o estava criticando, mas, naquele dia, quem falhara fora ela!

— Agora, a outra parte, para mim, está cada vez mais claro que o diretor é culpado. Deve haver algo de errado nessa história para só agora descobrirmos que ele estava totalmente envolvido na compra da grande invenção do tio Adoniram. Por que ninguém nunca mencionara? Talvez o tio tenha inventado outra coisa brilhante e recusado vender, talvez a armadilha fosse justamente para enganá-lo e roubá-lo, talvez o diretor Mata Ratos tenha em mente conseguir outra invenção do tio para comprar outra escola!

Quando dobraram a esquina, falavam tão alto e animados que as frases reverberavam nas paredes e voltavam para eles, fenômeno que sequer notavam. Da mesma forma, não percebiam que pela primeira vez todas as janelas da casa estavam abertas, nem a vintena de rostos a espreitá-los. Fazia todo sentido: O diretor Mata Ratos invejava o tio Adoniram, abusara dele no passado e agora o enganava para conseguir uma nova invenção. Falara, inclusive, com plena convicção, que o tio Adoniram logo apareceria! Talvez estivessem ludibriando o tio Adoniram, fingindo que participava de alguma atividade importante para que revelasse seus conhecimentos! Uma engenhosa armadilha Mata Ratos! Agora era hora de contar tudo para o pai e correr para salvá-lo! Fred seria um herói, a história de como salvou o tio seria contada por gerações e gerações de Valente e, talvez, assim se quebrasse a maldição dos gêmeos que sequer Tata Valente conseguira derrotar. Não! Mais devagar: Fred não acreditava mais nessas bobagens de histórias de valentia, maldição familiar e Tata Valente, acreditava?

— Vocês dois: parem de gritar na rua e entrem de uma vez!

Da entrada, a Leão os intimou a acelerarem o passo, o que nunca fizera. Algo estupendo os aguardava atrás da pesada e rangente porta de madeira da enorme casa da família Valente. Aproximaram-se lado a lado, os ombros cada vez mais próximos até o passo fatal, um último raio de sol a iluminá-los num derradeiro toque acalorado.

Capítulo
XVI

Um murmúrio diferente envolveu os gêmeos um passo antes de cruzarem o enorme pórtico da casa da família Valente, o som abafado nascido nas entranhas das antigas pedras, mil vozes mal contidas presas no interior da fortaleza. Os ombros próximos e próximos até se tocarem, a vista obscurecida no passo conjunto em direção à sombra, a respiração entrecortada conforme o coração acelerava: uma vez dentro da casa, souberam que dali não sairiam com facilidade. Conduzidos ao centro da sala, dezenas de pares de olhos fixaram-se diretamente neles: todos os Valente do mundo ali estavam!

Os primeiros haviam chegado naquela manhã. Irritada por ser interrompida enquanto ouvia seu programa de rádio preferido, a Leão ignorou as insistentes batidas na porta da mesma forma que, por seis anos, ignorara o telefone: se fosse importante, esperariam. Sem dúvida, era algum safado interessado em bisbilhotar a vida alheia. Todas as noites prometia a si mesma que seria a primeira a despertar e que não voltaria para casa sem encontrar o filho, rezava para que estivesse bem e prometia ser incansável na busca, porém, quando a manhã chegava, um terrível e letárgico mau humor a assolava, levando-a a resmungar contra todos para que não resmungasse contra si: seria aquilo a velhice? As batidas continuaram, continuaram, continuaram e ela teimosamente não se moveu, bebericando café, convencendo a si mesma de que ainda prestava atenção nos feitos das donas de casa homicidas narrados na voz cavernosa do velho locutor: quantas vezes não imaginara aquela voz discorrendo sobre o furor assassino que se apossara da doce senhora Valente, que iniciara o morticínio pelo marido e concluíra com os bisbilhoteiros à porta. Malditas batidas! De repente, um estrondo sacudiu a casa e a Leão se ergueu num salto: abriu a porta antes que a despedaçassem, o rolo de macarrão pronto para dar uma lição no engraçadinho que se atrevia a tentar derrubar a porta que barrara as investidas dos corsários franceses. Do lado de fora estranhos Valente, recém-chegados sabe-se lá de onde, improvisavam um aríete para forçar a entrada.

Antes da hora do almoço, já eram uma dúzia completa, e passavam de uma vintena quando os gêmeos chegaram da escola. Em muitas ou poucas palavras, contavam a mesma história: Haviam recebido um recado, um telefonema, um papel por debaixo da porta, um pombo pousado na janela com um bilhete no bico: Convocavam-se todos os Valente de todo o mundo para a convenção milenar, deviam apresentar-se na casa antes de mais nada para localizar Adoniram Valente e punir os responsáveis pelo desaparecimento. Se um Valente desaparecia, cabia aos Valente encontrá-lo! Dividida entre o incômodo óbvio de toda aquela gente de repente dentro de casa e o interesse em restabelecer laços há muito perdidos, tratou de organizar as coisas como sabia: acomodou cada um numa poltrona e ofereceu café, distribuiu facas e batatas entre os homens para que auxiliassem na preparação da famosa receita de ensopado da tia Vatela Valente, mandou as mulheres caçarem algo farto em carne ou que fossem até o açougue. Sequer imaginava quem eram e por quanto tempo ficariam, mas de algo tinha certeza: a suposta convocação de todos os Valente do mundo para a convenção milenar era obra de nenhum outro senão o velho Valente, provavelmente aproveitando-se dos eficientes canais de comunicação da malandragem. Soube o tempo todo que armava algo, e o conhecia o bastante para saber que aquela vintena de Valente era só o começo.

— Frederico, Valentina, conheçam a família Valente.

Ali estavam muitos, e não paravam de chegar novos: descendentes diretos de Golias Valente, que quando criança derrotara o gigante e, implacável, tomara-lhe até o nome e de Sansão Valente, todos inteiramente carecas exceto por um fio, já que o tataravô apostou e perdeu ter força bastante para arrancar até o último fio dos cabelos que lhe davam forças. Parentes de Jonas Valente chateavam a todos citando os benefícios do consumo de carne de baleia, ao que os tataranetos do famoso Alexandre aproveitaram para ganhar as atenções citando o enorme nó de cordas que o tataravô encontrara no interior de um cetáceo e, impossibilitado de desfazê-lo por conta das unhas recém-cortadas, partiu-o ao meio com a espada.

 Cansada de levantar e sentar para atender a porta, a Leão simplesmente deixou-a aberta, a cada nova e barulhenta visita o mau humor consumindo o interesse pelos parentes. Superado o susto da chegada, Valentina circulava envaidecida, apresentando-se, sim, era ela a garota ao telefone, obrigada, o prazer é todo meu, queria conhecer a todos, que todos a conhecessem, queria todas as versões de todas as histórias naquele mesmo dia. O pai chegou atendendo a um chamado dos vizinhos — havia algo de estranho na casa, a começar pela porta aberta! — e foi imediatamente engolido pelos comentários de que havia crescido, afirmações de que seu trabalho era uma honra para a família, queriam imediatamente todos os detalhes do desaparecimento do tio Adoniram.

— É preciso buscar casa a casa, revistar casa a casa como na guerra, Alberto — dizia puxando-o pela camisa Patton Valente, esquecido por bater nos soldados inimigos para que tivessem vergonha, famoso por bater nos próprios soldados para que tivessem coragem — Casa a casa como na guerra!

O entardecer se apresentou muito mais depressa que normalmente, a energia acumulada na casa talvez a acelerar a rotação do planeta e, entre a oferta de mais facas para que os homens descascassem batatas e nova convocação às mulheres para que caçassem, uma espada desembainhada na demonstração de um golpe que felizmente o pai conteve, outra vintena de Valente que chegava, a Leão a expulsar um vizinho que se aproveitava da confusão para bisbilhotar a casa, alguém disposto a desafiar todos os homens do resto da cidade para uma briga, uma convocação para que invadissem a delegacia e libertassem os presos para recapturá-los, a sugestão de assaltar a cidade vizinha e roubar-lhes as mulheres, um apelo para que se começasse do começo, casa a casa Alberto, como na guerra! Casa a casa como na guerra!

— Reparou que o telefone não toca, Fred? Ninguém telefona porque todos os Valente do mundo já estão aqui!

A irmã estava tão entusiasmada, vivendo o dia que sempre sonhara, que novamente não percebia o óbvio: na verdade, o telefone tocava sem parar, doze toques emendados em doze toques, porém o barulho era tão intenso que ela não conseguia escutar. Certamente também não percebia a louça e móveis que, no clímax de uma história, quebravam-se enlouquecendo a Leão, um vinho barato que circulava de mão em mão exaltando os ânimos, e a desconexão de Fred com todo aquele momento quando, empurrado de um lado para o outro ao sabor de histórias alheias, percebia que definitivamente não tinha nada com aquele sangue. O barulho desnecessário, a fanfarronice com que se diziam pessoalmente tão destemidos e bravos, a facilidade com que se autoproclamavam tão dignos e especiais: de tempos em tempos o nome de Tata Valente chegava-lhe aos ouvidos numa conversa alheia, Tata Valente, o mais valente dentre os Valente, morrendo esquecido há poucos quilômetros dali, abandonado entre mentiras e o medo de galinhas. Todos ali contavam as mesmas histórias, elogios, grandiloquências, mas ninguém, além do pai e do veterano Valente, parecia interessado em efetivamente fazer algo para encontrar o tio Adoniram.

— Mas que bagunça é essa aqui?

Num repente, o velho Valente de pé sobre a mesa da sala, peito estufado, mãos na cintura, lábios e olhos faiscantes, a mesma expressão que adotava quando tirava a Leão do sério ou vencia uma aposta no bilhar, de longe seus esportes preferidos.

— Valentes de todo o mundo, uni-vos! — saltou de cima da mesa no centro da sala, tropeçando na aterrissagem, acertando sem querer o rosto de um e machucando o menisco, o que não o impediu de incendiar a festa, esclarecendo a Fred que, na verdade, o barulho, a confusão e o movimento que o incomodavam não eram nada diante do que viria — Eu quero ver quem de vocês vai honrar o nome que carrega!

Só faltava mesmo o velho Valente a incitar demonstrações de coragem e valentia ali, na sala de estar. Vinte contra um era a disputa na qual um único Valente tentava manter-se imóvel enquanto outros vinte o empurravam, adorável disputa que a cada rodada despedaçava um móvel. As facas, de todos os tipos e tamanhos, sem função quando acabaram as batatas a serem descascadas, puderam ser arremessadas e engolidas, usadas para descobrir quem era capaz de batê-la entre os dedos sem decepar uma falange e quem teria coragem de se postar imóvel para que o famoso tataraneto de Tell Valente cortasse uma mecha dos cabelos num arremesso de vinte metros. A mesa da sala serviu para sustentar as disputas de braço de ferro, quem perdia tinha que passar ajoelhado por debaixo do móvel e, no centro da sala, os Valente se encaravam, olhos nos olhos por longos e tensos minutos, impossíveis e imensamente terríveis instantes que punham as fibras à prova.

— Quem é digno do nome? Quem aqui é mesmo Valente? — o velho provocava a todos e a cada um.

Valentina estava em graça, vivendo sem dúvida o melhor dia de sua vida. Postou-se firme e corajosa para que lhe cortassem o cabelo em arremessos de faca, venceu duas disputas ao fitar homens maiores e mais velhos, desafiou para o braço de ferro o musculoso Eugênio Valente, impressionando a todos pelo destemor. Sim, ela era algo maior e estava destinada a grandes conquistas, destinada à vida de autêntica bravura e coragem com que tantos Valente sonhavam. Fred sabia que, após aquela noite, a covardia dele seria evidente e a comparação inevitável, mas não se importava, satisfeito ao menos por ver a irmã tornando-se quem era. O que mais poderia fazer? Cada um era quem era, jamais seria feliz com a irmã se anulando por conta dele. Ela era um ponto de verdade e autenticidade em meio às muitas mentiras daquela família. Era preciso deixar que ela fosse quem era para assim curar a todos.

Os pratos e talheres foram distribuídos e todos acomodados num círculo cujo centro era o velho Valente, honrado com o convite para que contasse a primeira história. Passara-se há mais de uma década, o velho completava cinquenta anos e havia batido a nata da malandragem no bilhar, no currículo o dia em que, jogando com a destra amarrada às costas, derrotara o mestre Walfrido sem dar-lhe a chance de encaçapar uma única bola. Então vieram os marinheiros ingleses, seis, e todos enormes. Disseram que o velho era o rei por essas terras, o calor explicava a fraqueza dos adversários, mas do outro lado do mundo seria apenas mediano. De todo lado surgiram notas e organizou-se a aposta: os seis contra o velho, que perderia se conseguissem encaçapar uma única bola.

— Bati os cinco com tranquilidade, mas o último sabia jogar. Ele me sinucou com muito talento, pois não se preocupou em derrubar nenhuma bola. Queria me fazer errar.

Quando viu que as chances eram-lhe absolutamente desfavoráveis, dobrou a aposta: se perdesse, lamberia as botas dos ingleses, mas se ganhasse, iriam embora sem elas. O velho ajeitou os raros cabelos acima da orelha, piscou para a garçonete e, num toque preciso, a bola branca saltou entre duas, bateu na quina do meio e encaçapou a número sete. E quando os seis e enormes marinheiros ingleses se recusaram a deixar as botas, virou o taco e cresceu sete centímetros para explicar as regras deste lado do mundo:

— Deixavam as botas ou deixariam os dentes!

Naquela noite contaram-se histórias, tantas quantas jamais haviam sido contadas, narrativas e narrativas num ritual que maravilhava a irmã na mesma medida em que irritava a Fred. Em respeito ao desaparecimento do tio Adoniram, decidiu-se limitar a dezessete o número de versões de cada história —Vamos encontrá-lo buscando de casa em casa, casa em casa como na guerra, Alberto — e, quando chegou a vez da Leão, ela decidiu justamente contar uma história de coragem e valentia do filho desaparecido:

— Todos os Valente do mundo aqui estão por conta de um homem, um homem que já foi menino, um menino que é meu filho. Desde que nasceu, Adoniram se mostrou diferente de todos os Valente do mundo. Aprendeu a contar cedo, mas falou tarde, calculava tudo que comia e se recusava a usar o banheiro dependendo do número de azulejos nas paredes. As pessoas diziam que eu deveria interná-lo e dizer que só tinha um filho... Para o primeiro dia na escola, Adoniram decidiu que calçaria um negócio esquisito, um sapato que dava choque se pisasse no buraco, mas que mais parecia um salto alto de madame. Eu o proibi de usar aquilo e eu sei que ele morria de medo de mim. Quando chegou da escola — adivinhem? —, estava usando aquela porcaria nos pés. Os amigos riram dele, eu havia proibido, mas mesmo assim aquele menino magrelo, cabeçudo e esquisito fez o que queria.

— Essa história não envolve exércitos, armas ou marinheiros ingleses. Não é uma dessas grandes histórias que se repetem por séculos e séculos em dezessete versões, mas é a minha história preferida dentre as histórias da família Valente, porque é a história do dia em que me dei conta de que meu Adoniram era um valente entre os Valente, enfrentando o que para ele eram os maiores temores para ser quem é.

— Vocês me conhecem e conhecem minha fama. Não é nada fácil ter de repente tanta gente em casa, especialmente nesta casa. Mas é para encontrar meu filho, portanto são bem-vindos. Valentes de todo o mundo, a casa é vossa.

— Vamos encontrá-lo, Leão! Revistaremos cada casa, casa a casa como na guerra!

Seguiram-se outras histórias e velhas versões das antigas histórias, pais elogiando os filhos, estes oferecendo um conto à memória de um bravo progenitor já falecido. Quando os Valente começaram a se distrair e procurar onde dormir, calculando se o espaço da casa comportaria tantos cansaços, novamente o velho Valente interveio: interrompeu o contar declarando que eram apenas sete as camas da casa. Os Silva dariam prioridade aos mais velhos, os Santos acomodariam as crianças, os Silva dos Santos certamente ofereceriam conforto aos mais velhos e crianças. Mas ali estavam os Valente! Os poderosos Valente! Propunha, em plena madrugada, um torneio de valentia pelas camas! Que se apostasse, a valentia como arma, o catre como prêmio!

Era o que os Valente queriam ouvir, tudo que eram e adoravam ser e, enquanto um pequeno grupo discutia critérios e métodos, os mais jovens já começavam a se empurrar, fitar, desafiar em cabos de guerra, braços de ferro, vinte contra um ou um tiro ao alvo imediatamente contido pelo pai. Que energia tinham para um desafio, e que impressionante ainda existirem tantos Valente no mundo se mantinham como rotina aceitar cada briga e dar um passo à frente ante o perigo! Ou será que assim eram somente ali, cada qual em sua casa se portando indistintos como os Silva, os Santos ou os Silva dos Santos?

Frederico Valente não pertencia àquilo. Afastou-se da rodada de provocações que se armava, procurando um lugar para dormir já que fatalmente perderia sua cama. Sabia que a irmã brigaria pela dela com todas as forças, podia sentir o quanto aquilo a animava, mas eram diferentes, não havia o que fazer. Deveria se concentrar em ser ele mesmo, o nome da família como sombra...

Ajeitou-se sobre uma pilha de livros no quarto do tio Adoniram, consigo o travesseiro e a certeza de que não seria perturbado. Pensava nas palavras da Leão: a verdadeira valentia era ser a si mesmo. Possivelmente o tio era o mais valente dentre os Valente, ele sim, e sem precisar de versões e versões da própria história, de mentiras grandiloquentes, guerras ou marinheiros ingleses. Valentia mesmo era vencer o próprio medo. Um dia a família entenderia isso?

Acordou muito cedo, talvez quando a mente adormecida no barulho percebeu o silêncio posto. Movendo o pescoço endurecido, desceu as escadas, notando com curiosidade a própria cama vazia. Tinha fome: havia pelo menos café da manhã? Na sala, reencontrou a família: espalhados pelos cantos, todos dormiam no chão, as camas todas desocupadas. No centro do cômodo, a Leão e o velho Valente dormiam, as mãos unidas no braço de ferro que disputavam sem vencedores quando adormeceram.

Capítulo
XVII

Sim, assim se chamava a solidão. Naquela manhã, vestia o uniforme amarrotado que sozinho retirara do varal, o estômago doía ante a má companhia de um pedaço de pão velho e endurecido, o pescoço tenso protestava letárgico contra os livros que substituíram a cama. Em seus doze anos de vida, Frederico Valente já caminhara outras vezes amassado, faminto e insone, nas noites em que o pai estava de plantão e a Leão saia de madrugada para resgatar, aos puxões de orelha, o velho Valente de alguma espelunca ordinária. Contudo, era a primeira vez que o fazia sem a companhia da irmã, não havendo pensamentos de si para si que bastassem para confortá-lo daquela infinita ausência.

Se um gêmeo estava doente, ambos recebiam a medicação e faltavam às aulas. Se um era malcriado, ambos terminavam no castigo. Ainda assim, desistiu de acordar a irmã, que repousava desconfortável debaixo da mesa onde os avós disputavam o braço de ferro: sentiu que, de alguma forma nova, distante e triste, ela pertencia mais à família do que eles um ao outro. O lugar dela era entre todos os Valente do mundo e, naquele universo, Frederico só a retardava para se tornar quem era. Assim se chamava a solidão, mas ele se acostumaria: era apenas o primeiro de muitos dias numa nova e solitária existência.

Também se acostumaria, ou já se acostumara, àquela escola tão diferente da velha. Não podia negar que, ante toda a atenção dos professores, aprendia mais, nem que eram interessantes todos vídeos, projeções e laboratórios. Gostava de alguns dos funcionários e também dos professores que surpreendera criticando em abafados cochichos o diretor Mata Ratos. Era uma droga ir para a escola amassado, faminto e sonolento, a avó podia cuidar um pouco melhor dele, podia, como todos os colegas, ter algum dinheiro para o lanche, os Valente poderiam ir embora, a mãe voltar e o tio Adoniram aparecer. Acostumaria-se a tudo e seguiria seus dias, porém, sem a companhia da irmã, sentia-se como na vez em que ganhara um doce do avô após a consulta no dentista e, com a boca anestesiada, não pôde sentir o gosto.

Os meninos da sala estavam insuportáveis naquele dia. Antes da aula, dois gritaram e se empurraram por uma divergência no futuro jogo de futebol e, mesmo com o professor na sala, falavam sem parar. Lembravam os inquietos Valente... De que valia a esperteza do velho, a força da Leão, o talento do tio Adoniram ou a glória de todos os Valente do mundo, se acompanhada daquele desassossego? O próprio Tata Valente era incapaz de descansar quieto mesmo nos últimos dias, incapaz de usar as últimas energias para algo diferente de gritar renovadas bravatas sobre si. Fred pensava que deveria encontrar a coragem em ser a si mesmo, tal qual a Leão descrevera o tio, e também a ponderação do pai, equilíbrio que o distinguia dos insuportáveis Valente. Só assim seria não apenas um Valente, mas um homem digno de nota. Só assim poderia suportar os meninos que, naquele dia, estavam decididos a atrapalhar cada uma das aulas, bagunça agravada pela ausência do professor auxiliar.

No começo do segundo período, o garoto repetente adormeceu, lápis frouxo na mão, rosto colado ao caderno. Comentara com Fred que, naquela noite, perdera o sono, também a casa dele em festa, a lua de sangue trouxera parentes distantes e enorme fogueira, músicas que se emendavam numa única e tradicionais disputas de arremesso de punhal. Talvez todas as famílias fossem a mesma e, se a irmã fosse embora, teria o garoto repetente que comia melecas de nariz como companheiro. Tudo era o mesmo, tudo era previsível, inclusive aqueles insuportáveis garotos: subitamente a sala quieta, dois meninos trocaram de lugar, um outro torceu o pescoço na direção de Fred, um risinho contido enquanto armavam algo para o garoto repetente que dormia sonhando com cracas de nariz.

 O que fariam? A boca do garoto repetente aberta sobre o caderno, um ronco discreto que crescia em meio ao silêncio da aula de matemática, inocente enquanto a matilha o rodeava. O professor não perceberia, ninguém faria nada? O pior dos garotos já na carteira ao lado, as meninas quietas, o professor de costas, os risos abafados, todos agora sabiam e todos consentiam — Você inclusive, Frederico? Também não fará nada, rirá acovardado, também você como todos os outros, Frederico Alberto Valente? — O que fariam? O que faria? O sangue quente, os músculos prontos, a língua entre os molares, o maxilar duro, os olhos imóveis embora tudo percebesse, o que faria, o que faria, o que faria?

 O professor anunciou uma rodada de exercícios e Fred soube que seria naquela hora. O que faria? Três garotos se levantaram e rodearam o professor, supostamente tirando dúvidas, forçando-o a olhar para a lousa, de costas para a sala que, silenciosa, dedicava-se fingidamente aos exercícios. Seria agora! O pior dos garotos ficou de pé, ao lado do garoto repetente que ainda dormia, um outro torceu o corpo com uma máquina fotográfica preparada na direção da cena. O coração furioso, o maxilar duro, a língua entre molares, o olhar reto... Também você acovardado, Frederico Alberto Valente? Também você escondido na risadinha omissa? Seria agora.

De repente, tudo aconteceu. Num segundo, a confusão de pensamentos, no instante seguinte, o vazio, a sensação de apenas assistir ao movimento do próprio corpo. Tudo de repente aconteceu. A máquina pronta, o pior dos garotos abaixou a calça e a cueca para encostar a bunda no rosto do garoto repetente e fotografar a humilhação. Um instante antes do toque, meio segundo antes da foto, Fred apanhou o lápis que nada anotara e num único movimento cravou-o na carne branca, macilenta e sem pelos do pior dos garotos, tudo então muito devagar, o lápis enterrado com toda a força do braço contra a carne mole, o músculo contraído num salto e, depois, o grito desde o fundo da dor, o lápis preso na carne, um filete de sangue, o garoto repetente desperto pelo grito tão confuso quanto o professor, todos surpreendidos pela insana alteração do roteiro.

Ergueu-se. Estava feito. Fizera. Fizera. Fizera! O pior dos garotos arrancou o lápis, puxou as calças para cima e partiu para cima de Fred, a mão esticada no limite da raiva sem conseguir apanhá-lo, de repente o professor e um bedel afastando-o do grupo de garotos que tentava vingança. Fizera. Fizera. Fizera! Empurravam, o professor impôs-se, o bedel tirou o pior dos garotos da sala, outros professores chegaram, o garoto repetente ao lado de Fred, agradecendo silenciosamente, todos os olhos sobre Frederico Valente. Um prazer enterrar o lápis na bunda do pior dos garotos, o grito, o susto. Um prazer defender alguém estragando o ridículo plano dos covardes. Sempre o fraco, o isolado, o franzino, o bobo, o que está dormindo, mas Frederico Valente dera-lhes uma lição. O calor das faces, o maxilar endurecido, a língua entre os molares, o coração acelerado levara-lhe a vingar-se em nome de todos os humilhados. Não era preciso contar histórias sobre si mesmo, nem bradar a própria valentia, nem ter aulas de coragem para ser o que se era. Estivera ali o tempo todo, tal qual o professor Martin Valente, um enorme e profundo negar a covardia, um negar que transcende as histórias e palavras. Agir como um homem, quando era necessário, e então guardar-se. Era questão de hombridade, não de valentia, pois um homem não desperdiça palavras.

Sentado na sala dos professores, executava justamente esse conceito enquanto aguardava. Os professores entravam, olhavam-no, desviavam os olhos, cochichavam entre si e o deixavam. Sabia o que viria: ainda na sala, sem precisarem combinar, os garotos começaram juntos a defender a versão de que o pior deles pedia uma borracha emprestada quando Fred o atacara com o lápis, sem motivo aparente, um ataque de loucura, como também as meninas passaram a sustentar. O professor efetivamente não vira nada, o garoto repetente que comia cracas de nariz estava dormindo, e eram então vinte e três alunos sustentando a mesma versão: Fred tivera um surto e atacara o inocente aluno que buscava material emprestado. Sabia o que viria: um homem guarda as palavras. Contaria uma vez o que acontecera e nunca mais falaria sobre isso. Que os outros vociferassem, sabiam da verdade. Sua força viria do silêncio.

O diretor Mata Ratos veio buscá-lo depois de muito tempo. Talvez fosse Fred o último a ser escutado, o que tanto fazia: certamente já ouvira tantas mentiras que não escutaria nada além daquilo em que já acreditava. Sem alterar o tom de voz, contou a história em quatro frases: Estava quieto, a aula, o outro vindo encostar a bunda no rosto do colega, o lápis cravado para que aprendesse de uma vez por todas. Jamais se arrependeria. Ali estavam as palavras que devia, as demais guardaria para si. Um homem não desperdiça palavras e, antes de ser um Valente, era um homem.

— Não era o caso de chamar o professor em vez de atacar seu colega? Não era o caso de acordar seu amigo?

— Não.

O diretor suspirou, contrafeito. O que Fred dizia contrariava a versão do resto da sala, mas compreendia. A pressão pela escola nova, o desaparecimento do tio, a ausência da mãe, a relação difícil com os garotos... Compreendia os limites e a pressão a que podia ser submetido um rapaz da idade dele, mas era justamente nesse momento que deveria descobrir o controle e a paz interior, sem recorrer à violência...

— Eu tenho grande estima pela sua família. Os Valente e os Mata Ratos estão juntos há muitas gerações...

Quando começou a narrar outra série de histórias envolvendo os Valente e os Mata Ratos, não pôde mais concentrar-se. Observava os objetos sobre a mesa, deixando-se levar pelos próprios pensamentos. Era como esperava... O diretor compreendia sua atitude porque vivia um momento delicado e não porque fora uma injustiça na qual intervira. Citava tudo, exceto os garotos que, unidos, perseguiam os mais fracos, certamente acreditando na mentira num instante combinada pela sala. Tanto fazia: o caminho da hombridade era um caminho solitário e silencioso. Antes de ser valente, era preciso ser homem...

— Você imagina como era aquele tempo? De um lado, Godos, de outro, Visigodos, entre eles a pequena aldeia, o guarda-caça Valente e o rei Mata Ratos...

Há muito falava consigo mesmo, dispensando a atenção de Fred. Sobre a mesa, o controle de frequência dos professores, uma pilha de provas em branco, alguns documentos com o timbre da Delegacia de Ensino, outra pilha de papéis, um tratado para administração de venenos em mamíferos de grande porte, atrás dele, algumas fotos, em uma delas o diretor muito mais jovem e pouco menos feio, a escola no formato anterior, o diretor sorrindo diante do prédio, na fachada uma placa, ali algo escrito... Associação... Associação Técnica de Automação...

— Frederico? Está me ouvindo?

Arregalou os olhos para o diretor. Associação Técnica de Automação era A T A T! O industrial Mata Ratos investiu na invenção do tio Adoniram e, ante o sucesso, recompensou o diretor com aquela escola, a foto retratando justamente esse dia! E o diretor transformara o colégio técnico na escola nova! Portanto, a Associação Técnica de Automação era ali, em nenhum lugar senão ali... A T A T era ali, naquele prédio mesmo, onde provavelmente se encontrava o tio Adoniram! O diretor o atraíra, conseguira o que queria, e o mantinha preso em algum lugar! Por isso dizia com tanta certeza que o tio reapareceria! Era ali! Era ali! Era ali!

— Frederico?! Olhe para mim. Você está suspenso por três dias, assim como os outros alunos envolvidos no lamentável episódio de hoje. Traga esse documento assinado por seu pai quando retornar às aulas.

— Eu sei que foi você.

O diretor arregalou os olhos, confuso. Fred se levantou e o encarou acusadoramente, o fitar frio como aço de um verdadeiro Valente, refazendo a frase com o olhar. Era claro: a família Mata Ratos se beneficiara anteriormente de uma invenção do tio Adoniram, comprando-a por uma bagatela e embolsando lucros astronômicos. Não queriam o tio nem próximo da escola, mas ante uma nova invenção, o diretor o atraiu e capturou, tratando a família exageradamente bem para distrair o pai. Felizmente, o tio Adoniram fora esperto e deixara uma pista, TATA na direção de Tata Valente, A T A T indicando onde estava preso, a Associação Técnica de Automação, ali, naquele prédio. Numa tacada só, o tio Adoniram indicara a Fred a verdade sobre Tata Valente e a localização do próprio cativeiro! Podiam enganar a todos, menos a ele, que jamais confraternizaria com o responsável pelo sequestro do tio.

— Frederico?! Pare onde está!

Abriu a porta e saiu correndo, deixando o rosto perplexo e a advertência para trás. Ouviu nova intimação e aumentou a velocidade, então

tudo um correr desesperado, movimento tão veloz quanto possível temendo apenas tropeçar, o caminho ladeado pelas expressões assustadas no corredor, os alunos o reconhecendo como o garoto do crime do lápis e que agora fugia do diretor e de dois funcionários, este mesmo, olha ele ali — Pare!
— ignorava os insistentes gritos que o convocavam pelo nome, desceu as escadas, avançou pelo pátio, parem esse moleque, Frederico Alberto Valente, pare onde está, as passadas largas e contínuas, não tropece, não tropece, passo, passo, passo, respirar, respirar, respirar, respirar. Virou à direita no fim do pátio, subiu um lance de escadas, correu pelo corredor das salas do colegial, desceu as escadas do outro lado, ganhara alguma distância dos perseguidores, então o pátio velho, avançou veloz por ele, os bancos antigos de madeira, passo, passo, respirar, respirar, respirar...

No final do velho pátio estavam algumas placas de madeira, que indicavam o limite para os alunos. Acelerou, bateu um pé na parede e agarrou o tapume, ralando pernas e braços para cair do outro lado. Lá estava: bancos de madeira apodrecida empilhados, antigas cadeiras enferrujadas envolvidas pelo mato crescente, latas de refrigerante e sacos de salgadinho atirados pelos alunos, frutas apodrecidas, um pássaro morto, tudo umedecido, fétido, sombrio.

Avançou em passos rápidos, porém atento, contendo com a destra o antebraço ferido. Após o caminho irregular por meio do lixo, uma porta de ferro com o trinco quebrado, acima a placa onde se lia, em desbotadas letras, o nome da velha escola. Sentiu que não deveria entrar, uma falta de ar, a estranha sensação na base da coluna, os olhos de repente muito abertos, como se um hálito maligno dali escapasse. Contudo, ali estava, e não tinha dúvidas de que ali também se encontrava o tio.

Tentou identificar qualquer forma antes de avançar para o interior das sombras, mas era impossível. Mirou o céu erguendo metade do rosto — nuvens, um sol sugerido, vento — e num passo decidido avançou sem pensar em nada mais, a respiração suspensa, o palpite de que um grande sofrimento o aguardava, que dali não sairia impune, a sombra a amaldiçoar-lhe o movimento.

Entrou.

Capítulo XVIII

Primeiro Valentina percebeu algo sólido sob a cabeça, para então entender que dormia em qualquer lugar exceto na própria cama. Entortou o pescoço para a esquerda conforme esticou a perna direita, movendo a seguir cada um dos dedos. Os sons da rua chegaram primeiro, o volume indicando a hora avançada e, a julgar pela intensidade da luz que sentia atravessar as pálpebras, que perdera as primeiras aulas. Como fora parar debaixo da mesa?

Ergueu a cabeça e se apoiou nos cotovelos: alguns dos parentes despertavam igualmente letárgicos, outros declaravam pela posição dos músculos que a noite de sono mal começara. A Leão fervia água para o atrasado café da manhã, o som da descarga chacoalhando antigos canos ecoou sobre sua cabeça: com tanta gente na casa, levaria uma eternidade para conseguir usar o banheiro. Céus!

A última coisa de que se lembrava da noite anterior era a Leão e o velho Valente se engalfinhando num braço de ferro após a avó mandá-lo procurar uma cama na sinuca, mas como fora parar debaixo da mesa da sala?

No quarto, as duas camas vazias. Toda aquela confusão para, no fim, todo mundo dormir no chão. O pescoço doía, a cabeça pesava, precisava urgente de um banho e, sem uma ideia melhor, iria até a escola. Onde estava o irmão? Primeiro a fila do banheiro, depois o banho, uniforme, escola: não podia abandonar tudo mesmo ante a maravilhosa visita de todos os Valente do mundo. A sugestão do avô fora realmente incrível, disparar convites cada vez que atendia uma ligação, um avisava o outro e, de repente, todos estavam ali, mas a vida não podia estar em suspenso e era tempo de encontrar o tio Adoniram: sabia que com todos ali juntos, toda a valentia do planeta concentrada na casa da família Valente, não havia força que pudesse impedi-los de localizá-lo. As pistas matemáticas eram um caminho possível, mas nada jamais substituiria o supremo valor da coragem. Se um Valente desaparecia, cabia aos Valente encontrá-lo, e o caminho da família seria sempre pela força da valentia.

Estava pronta. Um aceno para a avó, outro para os Valente que organizavam patrulhas de busca — Casa a casa, como na guerra — um pedaço de pão velho no bolso e avançou contra os dez quarteirões que separavam a casa da escola. Massageava o pescoço dolorido, acalmava a fome com a pedra com gosto de pão, o uniforme ajeitado pelo vapor do chuveiro: sabia se cuidar, mas era estranho cumprir aquele caminho sozinha. Onde estava o irmão? A quantidade de passos até a escola parecia maior do que um dia antes, tão distante quanto nunca, porém jamais antes vivera e talvez jamais viveria outra noite como aquela, duelos de espadas, arremessos de faca, braços de ferro, histórias e mais histórias no centro da enorme casa. Sorriu: que noite maravilhosa, seguramente nem ela nem ninguém jamais vivera algo semelhante, todos os Valente do mundo juntos! E pensar que tudo acontecera por conta dela, a cada telefonema o convite e a instrução para que avisasse pelo menos outros dois, em poucos dias a notícia distante o suficiente para levar os descendentes de Polo Valente a calçarem as sandálias e partirem estrada adentro, tudo por conta dela! Nunca se sentira tão bem, tão plena, tão encontrada como na noite anterior: todos os Valente do mundo agora a conheciam, a todos convocara e impressionara, em algumas décadas seriam aquelas bocas a repetir histórias que a trariam como personagem: quando Valentina Valente realizou feitos que fizeram sombra a Tata Valente, quando reescreveu o próprio conceito de valentia, desafiando a vida após bater a morte, quebrando, inclusive, a maldição dos infortúnios familiares. Onde estava o irmão?

A quantidade anormal de alunos do lado de fora da escola pareceu-lhe um mau presságio e, quando se aproximou e foi apontada, teve certeza de que o fato e a pergunta estavam conectados. Num repente uma pequena multidão a cercava: Sim, o irmão, Frederico Valente, cravara um lápis na bunda do pior dos garotos para defender o repetente que comia cracas de nariz, espalhou sangue por todos os lados, todos partiram para cima dele, mas ninguém o acertou, num momento estava na diretoria sendo expulso e no outro corria pela escola com o diretor Mata Ratos e todos os funcionários atrás dele, escapou de todos, estava sumido, evaporou, e agora ninguém podia entrar nem sair da escola enquanto não o encontrassem. O quê? Isso mesmo: A mãe do pior dos garotos ameaçando processar a escola, gritou tão alto que se ouviu da rua, o uniforme lavado de sangue, estava no hospital, talvez perdesse o movimento das nádegas, Fred cravara uma faca diretamente na bunda dele, acertou o nervo, uma faca de cozinha do tamanho de uma mão. Mas onde estava o irmão? Fora expulso, seria denunciado e julgado pela Delegacia de Ensino em conjunto com o professor responsável pela turma, os alunos tentaram aliviar-lhe a culpa, mas as evidências eram fortíssimas, tivera um surto, o diretor e dois funcionários o haviam agarrado mas mostrara força sobre-humana, derrubara três homens enormes e correra pela escola, nunca se vira algo assim, tinha os olhos febris, vermelhos e injetados, uivara e, num repente, desaparecera, a escola em alerta, a defesa civil a caminho, os repórteres já sabiam e preparavam um especial televisivo, a irmã certamente seria entrevistada — Diz que sou sua amiga! Quer roupas emprestadas? Deixa eu te maquiar? Mais alguém da família fora avisado? Surtara, num momento estava bem e no outro parecia louco, o pior dos garotos nunca mais andaria, o sangue espirrou tão forte que cobriu Frederico Valente, tentaram apanhá-lo, mas fugiu, derrubou vinte garotos, o diretor Mata Ratos e oito funcionários, correu pela escola uivando e coberto de sangue, veloz como um animal louco até, de repente, desaparecer no ar, se a polícia não fosse capaz de apanhá-lo, usariam helicópteros em apoio às tropas em terra.

— Calem a boca, matracas! Calem a boca!

Num segundo, todos quietos, cem pares de olhos esbugalhados na direção de Valentina, preparados para seguir qualquer ordem que dela recebessem:

— E saiam da minha frente!

Avançou em direção à porta principal, a multidão de alunos abrindo espaço conforme avançava, os rostos voltados para o chão conforme Valentina os encarava:

— Matracas! Bando de velhas fofoqueiras!

Diante da porta, um único bedel, rádio na mão, um sorriso benevolente quando Valentina se aproximou:

— Aqui ninguém entra.

Ela sorriu, subitamente graciosa e angelical, como as princesinhas dos contos de fadas que a vida toda desprezara. Ficou na ponta dos pés, segurou os ombros do funcionário, adoçou o tom de voz para explicar:

— É cocô...

Deixou que passasse. Nos primeiros passos, já no interior da escola, o silêncio excessivo como grito a que o irmão obrigara o dia. Restos de alimentos deixados às pressas eram um banquete oferecido aos pombos, os funcionários discutiam entre si próximos dali, as vozes reverberando no súbito vazio da estrutura. Onde estava o irmão? As matracas pelo menos foram úteis ao contar de uma vez as oitenta e sete diferentes versões do que ocorrera, nos detalhes menos interessantes da narrativa descobriria a verdade. Agora cochichariam sobre como os mandara calar a boca e o método simples por meio do qual fora-lhe dada passagem, repetiriam mais tarde para diferentes públicos diferentes versões do que não haviam visto, em alguns dias haveria apenas os detalhes frenéticos, em um ano nada além das consequências: o problema das matracas é que, afinal, nunca fariam nada, nunca pensariam em nada além do sangue a jorrar, da disparada ou da garota adorável que dissera cocô. Nunca perceberiam o que de fato ocorrera: um despertar, Fred despertara e, se não fosse a preocupação com o paradeiro do irmão, poderia descansar no orgulho que sentia. Se fosse ela em fuga, onde estaria?

Àquela hora a área comum já fora toda revistada, salas de aula, laboratórios, pátios, quadras e banheiros. Podia, ainda assim, estar bem escondido em algum desses lugares ou, então, ter saltado o muro dos fundos e escapado para a rua. Era o que ela faria, mas Frederico era diferente... Disseram que começara na sala do diretor: acertara o outro, fora para a diretoria, de lá fugira. Que orgulho! Se passara um bom tempo entre a bunda espetada e a fuga, eram fatos desconectados: algo ocorrera entre ele e o Mata Ratos, certamente ligado ao desaparecimento do tio Adoniram, provocando aquele desespero. Então da diretoria para o corredor, de lá desceu as escadas, cruzou o pátio e desapareceu. Pela porta não poderia escapar, portanto dobrou a esquerda, a quadra, subira o muro lateral e de lá para o telhado ou os tapumes para chegar à escola velha. Ambas eram possíveis, mas a intuição apontava claramente para a última opção: apesar de jamais ter considerado o irmão espetando um garoto e fugindo pelo pátio, o telhado parecia exagero... Precisava encontrá-lo antes dos outros!

Tentou a esquerda e retornou no mesmo movimento: dois funcionários apontavam para o teto, discutindo as possibilidades daquela rota. Por ali seria impossível, todo o interior da escola estava minado... Voltou-se, saiu da escola, agradeceu ao funcionário, acelerou os passos enxotando as matracas que se punham em seu caminho. Havia outra entrada... Caminhou acompanhando o muro, guiando-se pelo formato externo do edifício. Aquele o ponto! Puxou o menino que a seguia por todas as partes pela gola da camiseta, posicionou-o como desejava e sem deixar que falasse pisou nas mãos em concha, nos ombros, na cabeça para saltar o muro diretamente no interior da escola velha. Onde estava o irmão?

O lugar estava imundo. Bitucas de cigarro no calçamento de pedra esburacado pelo mato, latas de cerveja amassadas, uma boneca de plástico de intensos olhos azuis brilhantes e rosto deformado. Todos os sentidos entraram em alerta enquanto avançava um passo após o outro, o ouvido apurado, a respiração controlada, a língua entre os molares tal qual o gêmeo que buscava. Pela porta quebrada, a madeira inundada de vermes, avançou para o interior, sentindo leve dor de cabeça conforme deixava a claridade para trás. Cacos de azulejo pelo chão, uma bancada de granito partida ao meio, buracos nas paredes como consequência da fiação e encanamentos roubados durante a madrugada.

— Fred?

Sentiu-se mais segura quando a própria voz ecoou pelas paredes, e decidiu manter o tom para convocar o irmão e intimidar qualquer um que ali estivesse além dele:

— Frederico Alberto Valente?

Avançou mais alguns passos, os ladrilhos se esmigalhando sob o peso da passada, a escuridão cada vez mais densa, a pele dos braços arrepiada. De súbito, voltou o rosto: alguém a observava? Mais três passos, evitava pisar nos papéis, ladrilhos, cacos de vidro, pedaços de plástico, cocô de pombos, garrafas de cerveja, fuligem de uma fogueira. Havia alguém ali? Precisava encontrar uma barra de ferro ou um pedaço de pau com que se defender. Se fosse atacada, lançaria o que tivesse à mão e correria de volta na direção da saída. Nada de gritinhos ou chiliques: atacar e correr, precisava de uma barra de ferro ou de um bom pedaço de pau.

Cruzou o pórtico que dava acesso à nova ala, e um miasma infecto a envolveu. Espremeu os olhos e balançou a cabeça, tentando se manter concentrada apesar do cheiro horrível. Não havia nada de diferente pelo chão que justificasse o fedor, porém vinha de todas as partes. Caminhou entre as carteiras quebradas, folhas de árvore emboladas em restos de comida, revistas velhas e emboloradas, livros de química com a capa rasgada, os ladrilhos se esmigalhando a cada passo. Alguém a observava? Devia ter trazido o menino que a seguia por todas as partes. Se gritasse, alguém escutaria? No fim do cômodo uma grande sombra, que conforme se aproximou percebeu ser um buraco na parede, um túnel que levava talvez à verdade daquele local.

Agachou-se, voltou o rosto sem nada encontrar, involuntariamente pôs a língua para fora ante o terrível odor. O túnel a colocaria fora de perigo: uma vez nele, ninguém poderia atacá-la, e não demoraria até o garoto que a seguia por todas as partes tagarelar com as matracas e uma dúzia de professores e funcionários invadirem o local. Avançou pelo túnel, as paredes estreitas e ásperas, caminhava com os joelhos flexionados, sem tocar a bunda no chão nem as mãos em parte alguma, pensando em si mesma como um sapo.

Após vinte e três passos naquele movimento estranho, o túnel tornou-se mais claro, indicando o fim do percurso. Havia... O que era aquilo? Havia potes de vidro, roupas dobradas, uma perna... Conhecia aquele tênis!

— Fred! Fred! Fred!

Abraçou o irmão, envolvendo-o pelos ombros, mas o abraço não foi correspondido. Estava imundo, o rosto todo sujo, as roupas com manchas marrons pela travessia do túnel. Devia estar igualmente suja. Ali o irmão e era indizível a alegria que a envolveu ante o encontro. Não estava mais sozinha, o abraço, o reencontro da pele que na verdade era a mesma, o toque que compartilhavam desde o ventre. Mas por que estava tão triste?

— Tio Adoniram está morto, Valentina. Não conseguimos. Nunca mais ele irá contar e anotar os grãos de feijão antes de comer e eu nunca aprenderei as inequações...

Sentiu o sangue esvair-se, o estômago tornado um oco na metade do corpo, a língua num repente cresceu e se tornou áspera e seca. Mas... Não era possível... Como o irmão sabia? Todos os Valente do mundo ali estavam e ele seria encontrado! Piscava excessivamente, apertava o ombro de Fred sem perceber que o machucava, respirava rápido demais e parecia que ia engasgar. Não era possível, devia haver um engano! Será que também ela nunca aprenderia as inequações?

— Está ali. Aqui as roupas e os potes de veneno. Potes e mais potes de veneno de rato. Está deitado lá no fundo, com a língua para fora... O Mata Ratos o matou.

Seguiu com os olhos a direção indicada pelo dedo do irmão e notou a forma que não poderia ser outra: os pés de lado, os sapatos sem cadarços, o macacão azul com que dormia, a língua de fora no rosto envolto em sombras. As roupas dobradas ao redor do tio, a pequena pia, os potes de veneno de rato. Veneno de rato. Um homem brilhante como o tio Adoniram morto como um rato...

— Fred... — pronta para dizer tanta coisa, porém após o nome do irmão as palavras sumiram — Fred... — e continuava apertando-lhe o braço, sem perceber que o machucava, tão firme e tão forte como se pudesse concentrar naquele ponto a dor que a massacrava...

De repente, ergueram os olhos: ouvira aquilo? Um ladrilho esmigalhou, um passo, alguém se aproximava. Ouvira aquilo ou imaginara? Novamente! Alguém se aproximava! Ergueram-se, as lágrimas que ainda não haviam chorado tornadas um denso nó na garganta, ambos de pé e prontos. Outro passo! Estava vindo! Do outro lado do túnel ouviram o som do corpo a se curvar penosamente — um adulto! — engatinhando cuidadosamente na direção deles. Chegaria ali num instante, precisavam se defender! Chegaria ali num instante para matá-los, certamente o assassino do tio Adoniram!

Desprendeu-se do irmão e avançou decidida. Apanhou dois dos potes de veneno, entregou um para o irmão e ficou com o outro. Assim que a cabeça do assassino surgisse do buraco, atacariam. Avançava penosamente, respirando com dificuldade, estaria ali em um segundo. O som das mãos e joelhos contra o cimento irregular, a respiração ofegante, estava ali, estava ali, estava ali!

A cabeça do diretor Mata Ratos surgiu no buraco e Fred arremessou o pote de veneno com toda a força que era capaz, porém, em vez de quebrar, o pote produziu um som oco e rolou pelo chão, o diretor retornando em quatro apoios acelerados após soltar um grito. Perceberam que alguém o amparava do outro lado...

— Crianças?

— Pai!!! — responderam em uníssono — Pai!! Tio Adoniram está aqui. Está morto! Foi o Mata Ratos! Está aqui morto, envenenado! Foi o Mata Ratos! Morto! Envenenado! Veneno de rato!

O tom de voz do pai mostrou-se firme como nunca antes ouvido:

— Frederico e Valentina. Saiam daí. Agora. Um de cada vez.

Olharam-se: era o pai quem chamava... Um após o outro agacharam-se e atravessaram o túnel até o outro lado, um dos gêmeos completamente imundo, o outro perfeitamente limpo. Diante deles o diretor Mata Ratos, a mão junto da cabeça, uma dúzia de funcionários e o pai, que impediu que falassem. Conduziu todos para fora, um após o outro saltando pelo mesmo muro por onde Valentina entrara, sem espaço para qualquer comentário. Do outro lado as matracas, uma ambulância que imediatamente conduziu o diretor Mata Ratos ao hospital, algumas viaturas, os professores e vizinhos interessados na cena.

Quanta bobagem... O que havia de interessante num mundo onde não mais o tio Adoniram contaria os grãos do prato antes de comê-los?

Capítulo
XIX

    Não sabia quanto tempo passara, não sabia e tanto fazia. Desde que se deparara com o corpo estendido do tio Adoniram, a língua de fora, os lábios brancos, os olhos esbugalhados, imergira numa dimensão de irrealidade insignificante, a fuga, a espera, a ausência e a chegada da irmã, o silêncio ou o estrondo do vidro não quebrado contra a cabeça do Mata Ratos tanto fazendo: a barriga para cima, as mãos na cintura, o olhar vítreo, congelado numa última cena que há muito desaparecera. Cravara o lápis afiado na bunda mole do pior dos garotos, enfrentara o diretor, fugira, saltara o muro, avançara machucado e veloz, num instante a alegria pelo encontro com o tio, no seguinte a constatação de que nunca mais encontraria aquele que encontrara. Nada depois: o Mata Ratos no hospital, o olhar dos outros alunos, a espera pelo pai no interior da viatura, os policiais se dispersando, os professores de que gostava e os de que não gostava. Não conseguia chorar, anestesiado no instante em que encontrou o tio que nunca mais encontraria: pensava repetidamente nos grãos do prato que nunca mais seriam contados, numa existência frágil em que o futuro era indiferente...

Entardecia. Após todas as despedidas, a rua vazia, a viatura desligada, aguardavam-se ordens para levar a ele e a irmã para a delegacia ou para casa, o que tanto fazia: nunca aprenderia as inequações, seria taxado como maníaco e, no melhor dos casos, expulso da escola. Já era uma vergonha familiar desde que nascera covarde: perder a chance de salvar o tio Adoniram faria-o detestado.

— Fred... Tem algo aí...

Subitamente a irmã falara, abandonando o olhar fixo e a língua congelada entre os molares a que se dispusera desde que colocados no interior da viatura. Sabia que, diferente dele, o sofrimento de Valentina era acompanhado de movimento: concentrava-se em resolver o caso, agir, entender, enquanto, quieto, Fred só pensava na dimensão indiferente que a vida assumia.

— Fred, pense comigo... Estávamos lá, com o tio, nós, gêmeos, você sujo e eu limpa após passar por um túnel, tal qual no primeiro enigma. Fomos parar lá exatamente como descrito. Como isso é possível? Como o tio Adoniram poderia saber que um de nós estaria sujo e o outro limpo?

— Tanto faz, Valentina... Que diferença poderia fazer agora?

— Eu não sei. Pense... Será que deveríamos ter feito algo? O gêmeo com o rosto limpo lava o rosto, o gêmeo com o rosto sujo fica onde está. Será que faltou algo? E se tivermos falhado justamente no momento crucial? E se tio Adoniram, de alguma forma, preparara tudo para aquele momento, quando nós falhamos?

— Ele está morto, Valentina...

— Como você pode ter certeza?

Novamente a irmã se recusava a ver o óbvio, mas... E se estivesse certa? Tão difícil dizer que o tio estava morto, as palavras tais quais espinhas afiadas dentro da boca. Piscou algumas vezes e espremeu os lábios, notando novamente o mundo que o envolvia, movido por uma esperança frágil, mas que o aquecia mais e mais. E se estivesse certa? O enigma! Os gêmeos atravessam, pé ante pé, um túnel imundo, um termina sujo, o outro limpo. Olho no olho, então, o que está limpo corre lavar o rosto, livrando-se depressa da sujeira inexistente. Todo sujo, o outro nada faz. Como pudera se esquecer do enigma?! Era a cena exata! Será que, se a irmã lavasse o rosto, algo aconteceria? O coração acelerava, mal conseguia permanecer sentado, disparara a falar, a lembrar, a especular, ignorando a ausência que o capturava até um instante antes e o corpo morto e inequívoco. E se estivesse certa?

Entardecia. A rua deserta era uma oportunidade para agir, exceto pelo guarda posicionado no fim da rua e da viatura dentro da qual os gêmeos haviam sido trancados. Exceto pelo guarda: a irmã ajoelhou-se no banco de trás, forçou as mãos contra o estofado e, num instante, pulou para o porta-malas do veículo. De lá, abriu a tranca por dentro, cutucando como o velho Valente a ensinara: havia certas vantagens na velha frota de veículos da polícia e em ser neta de um famoso malandro.

Saíram juntos pelo porta-malas, aterrissando no asfalto, agachados entre as lanternas. O guarda no fim da rua parecia contar passarinhos, sem dúvida um dos cabeça de vento que a Leão adorava apontar: respiraram fundo, concentraram-se e dispararam juntos, correndo agachados, pé no muro e salto conjunto com a língua entre os molares. Entraram.

Desta vez não havia qualquer insegurança, e avançaram com familiaridade pela sujeira, ao som dos cacos de vidro que se esmigalhavam, novamente envolvidos pelo terrível odor. Os restos de um laboratório, das salas de aula e material gráfico do que fora a Associação Técnica de Automação: nada a temer, exceto que aquela tão enorme quanto ilógica esperança que os movia novamente se convertesse na apatia desesperada que há pouco condenara Frederico Valente. Será que aprenderia as inequações?

—Vá você primeiro, Fred.

Avançou até o fim do cômodo e então através do túnel, o estômago torcendo-se involuntariamente pela aproximação com o local onde sofrera até desprender todas as emoções do corpo, a fronte suada, as mãos machucadas pelo apoio contra o concreto, o caminho estreito ralando os joelhos e sujando-o tanto quanto da primeira vez. Não queria ver novamente o corpo do tio.

Caminhando como um sapo, a bunda sobre os calcanhares em movimento curioso, Valentina avançou lenta e ritmadamente, chegando ao outro lado para encontrar o irmão igualmente desolado. Sim, ainda o corpo estendido do tio Adoniram no fundo da sala, o pai certamente enroscado na burocracia que exigia paciência das famílias e dos mortos.

— Fred, olhe para mim: o gêmeo que está limpo vai lavar o rosto, o outro permanece onde está, certo?

O irmão a acompanhou quando avançou até o fundo do cômodo, excessivamente próxima do catre onde o tio jazia inerte. Torceu com força a torneira ali instalada, utilizando as duas mãos: para que tudo aquilo? Conseguiu, de repente a torneira movendo-se fácil até o fim. Um silêncio, Valentina balançando os dedos no ar pelo esforço que lhe maltratara a pele das mãos. De súbito um crescente, algo vindo pela tubulação, e então o estrondo, a água enfim liberta arrebentando o metal da torneira, os canos internos, rachando em implosão as paredes e o teto: a água podre emergiu em ondas ancestrais, num instante cobrindo todo o cômodo, os pés do irmão e todo o corpo da irmã, avançando pelo buraco escuro e estreito até a entrada, partindo em todas as direções com força suficiente para cruzar os tapumes por onde Frederico Valente saltara e levar toda a sujeira até as quadras e o pátio. Água, água, água que enfim liberta não parava de jorrar, após a primeira onda fétida e nauseabunda, nova e fresca água, limpa e em enorme quantidade, explodindo no diminuto cômodo e avançando a partir do buraco deixado pelo que um dia fora a torneira, escorrendo pelas rachaduras das paredes e do teto com força suficiente para derrubar o prédio. Será que o prédio ruiria?

Em meio ao caos que os paralisara encharcados, os olhos dos gêmeos se encontraram, a confusão de cada um apoiada na confusão do outro: era isso que esperavam? As paredes tremiam com a força da água, o teto estalava denunciando-se frágil, a torneira há muito se perdera, o buraco onde estivera jorrava uma infinidade de água que, avançando em todas as direções, certamente já chegara ao pátio e à rua: era isso que deveria acontecer? Com os pés encharcados, preso no olhar da irmã que não o indicava nada, Fred esperava por algo que talvez não viesse, esperava por algo que talvez já acontecia. Poderia o prédio desabar sobre eles, poderiam morrer soterrados e afogados, deveriam sair dali, era isso que deveria acontecer? O que aconteceria agora?

— Crianças? Filhos?

A voz do pai ecoou do fundo da entrada do prédio, a cada chamado mais alta até que estava ao lado deles. Em passos fortes que espalhavam a água, tomou cada um dos gêmeos pela mão, movendo-os na direção do túnel e da saída, sem dar tempo para que questionassem, obrigando-os ao movimento pela força de sua convicção. Era tempo de partir, abandonar aquele local sem demora. Avançaram na direção da saída, espalhando água no rastro do pai, quando de repente outra explosão os deteve: tossidos, tosse, tosse, tosse, tosse, um arquejo profundo para captar o ar, o movimento desesperado de um corpo para respirar, e novos tossidos, tosse, tosse, tosse, vômito e um novo e desesperado respirar em busca do oxigênio que o salvaria.

— Adoniram! Adoniram!

O pai retornou, ergueu o tio pelos ombros e, amparando-o, guiou todos para fora, através dos cômodos inundados, do lixo a boiar, através do buraco que abrira na parede de tapumes até a quadra, de lá para o pátio e para fora até a rua onde a água inundava as sarjetas despertando a atenção dos vizinhos e telefonemas para a defesa civil.

— Adoniram! Adoniram!

Sentou o tio no meio da rua, deixando-o respirar enquanto chamava pelo rádio a mesma ambulância que há pouco lhe atestara a morte. Sim, estava vivo o irmão Adoniram! Sim, de volta da morte ou de qualquer sítio próximo. Confuso, o tio esboçou um sorriso para Fred, um pequeno aceno para Valentina, mantendo a concentração no inspirar e expirar que o salvaria, mexendo as pontas dos dedos e os ombros que talvez não sentisse: haviam cumprido o enigma e salvo o tio, de alguma forma impossível, os dois gêmeos dentro de um túnel eram de fato eles e, ao lavar o rosto, trouxeram-no de volta. Era impossível, era incompreensível, mas acontecera com eles e a felicidade que sentiam jamais se esgotaria. De mãos dadas, contemplavam maravilhados o tio encharcado e confuso dragar concentrado o ar, os dedos apertados contra os dedos para que não duvidassem, nem por um instante, de que o milagre de fato acontecia diante de seus olhos. Ali, o tio, vivo, tal qual versara o enigma matemático que deixara. Era impossível: como fora possível?

Não demorou para que o som das sirenes de uma ambulância, em seus graves e agudos, anunciasse a iminente chegada do veículo. Por um instante, todos os olhares se fixaram no fim da rua, a qualquer momento irromperia e, enfim, lá estava, desajeitada e veloz como deveria ser, as rodas largas presas na curva contra a aceleração, as cores vermelhas e azuis tingindo os muros da escola em mais uma das tantas novidades daquele dia. Saltaram os enfermeiros, rodearam o sorridente tio Adoniram: qual seria a graça? Examinaram-no antes de colocá-lo sobre a maca e movê-lo para o interior do veículo: por que o tio sorria?

— Efeito Doppler, Fred — disse entre duas sequências de tosse, a vozinha fraca como consequência menor do ar que lhe faltava — Os sons agudos parecem próximos e os graves distantes: assim descobriram que o universo se expande...

A ambulância desapareceu no fim da rua, levando com ela o impossível que Fred, Valentina e o pai haviam testemunhado. Então estava vivo... O corpo inerte, a língua para fora, os olhos esbugalhados, traziam o carro funerário quando os gêmeos implodiram os canos e, em espasmos, o homem ressuscitara, tal qual fora escrito no enigma matemático que o próprio deixara... Em silêncio aproximaram-se um tanto mais, tocando os ombros até terminarem num belo abraço familiar, os dois filhos e o pai, o movimento corajoso e desordenado os levara à batalha que desconheciam, tendo como prêmio o retorno daquele que tanto amavam. O destino era sempre grato e recompensava os valentes. De alguma maneira, os bravos sempre venciam:

— Só falta agora pegar o Mata Ratos... Esse não pode escapar...

— Por que diz isso, Frederico?

Resumiu o caso às desconfiadas sobrancelhas do pai: O interesse do outro pela casa, a solicitude com que se oferecera para investigar o quarto, a pista matemática que levara a Tata Valente, o careca perfumado que há poucos dias visitara o ancestral, a dieta em números semiprimos que significava Associação Técnica de Automação, a foto do Mata Ratos diante da velha escola, que comprara com os lucros da invenção do tio Adoniram, o tratado para administração de venenos em mamíferos de grande porte, o corpo do tio entre potes de veneno, veneno de rato! Não poderiam deixar o diretor escapar!

— Fred, depois você vai me explicar direito tudo que disse agora, aliás, vocês dois vão me explicar tudo isso direitinho. Deveriam ter atendido o telefone e feito as lições como eu disse, e não investigar por aí... Mas posso garantir a vocês que o diretor Mata Ratos não tem nenhuma responsabilidade no desaparecimento do Adoniram. Ele é um amigo leal da nossa família. Essa disputa entre os Valente e os Mata Ratos é uma bobagem que seu avô inventou...

A caminho da casa, os gêmeos sentados no banco de trás da viatura, pelo rádio o pai descobriu aliviado que o diretor estava fora de perigo. Tantas perguntas sem resposta, mas os irmãos as encaravam com o coração tranquilo, cientes de que, decifrando ou não os mistérios que envolviam o caso, o tio Adoniram estava salvo. Estava salvo, ressuscitara, haviam conseguido! Não sabiam como, mas haviam conseguido!

Subitamente na entrada da rua, a sombra da casa estendendo-se até o carro no belo entardecer, não mais puderam avançar: os Valente haviam tomado todo o caminho e em disputas de escalada no poste de luz, cabo de guerra usando o fio elétrico e provas de força erguendo os veículos estacionados, celebravam! Um Valente ressuscitado, trazido de volta do mundo dos mortos a partir da coragem de duas crianças, entre eles aquela garota, aquela que tão bem se saíra nos jogos, uma menina à altura de Tata Valente que, com o irmão, escapara de uma viatura pelo porta-malas, saltara o muro, abrira uma torneira emperrada há meio século para com os poderes secretos daquela enigmática água encontrar o tio perdido na terra dos mortos. Isso após o irmão espetar a bunda de um colega para defender um inocente, derrubar oito funcionários com força súbita, desaparecer no ar e atacar o diretor da escola! Uma grande história, uma história digna de ser repetida num infinito primo de vezes, uma história pronta para figurar no seleto grupo das histórias preferidas dentre as histórias preferidas dos Valente. Já sabiam de tudo: claro que sabiam!

 O pai retirou os filhos da viatura antes que os Valente a virassem. Guiou Frederico e Valentina para cima do veículo, cuidando para que não quebrassem o giroflex num passo desajeitado. Diante de todos os Valente do mundo, Fred ruborizou, equilibrando-se para não cair, enquanto Valentina assumiu o megafone. Sorriu:

— Primeiro, uma explicação: jurei pelo sagrado coração Valente que, se conseguisse salvar meu tio, mudaria de nome. Apresento-me: a partir de hoje meu nome é Valentina Valente, a mais valente entre os Valente.

 Fred não tinha nada a dizer, contente por contemplar a cena diante de ponto tão privilegiado. Então, não era um covarde? Era um valente entre os Valente? Talvez fosse aquele o melhor dia dentre todos os dias de sua vida. Passava num sorriso fácil os olhos pela multidão de parentes, divertido com os reflexos azul e vermelho tingindo os rostos, curioso com a nova convocação — Ao hospital! Se um Valente adoece, cabe aos Valente tratá-lo! — quando, de repente, abandonou o sorriso e abriu muito a boca: entre os rostos pouco conhecidos, lá estava a mãe.

Capítulo
XX

A convocação formal para que o menor Frederico Alberto Valente e responsável legal comparecessem à Delegacia de Ensino permaneceu ignorada na caixa de correio por precisamente sete dias, prazo que o corpo médico do Hospital Municipal precisou para emitir a alta e despachar Adoniram Valente de volta para a grande casa da família, acompanhado da dezena de parentes que o assistia. Nunca se soube se o tio Adoniram poderia ter sido liberado antes, mas recusou deixar o leito em data que não correspondesse ao número certo, ou se seriam necessários mais alguns dias de tratamento, porém os médicos não mais puderam suportar a presença da enorme e barulhenta família. Os fatos, contudo, eram inequívocos ao afirmar que, por toda uma semana, os Valente estiveram a interferir em todos os assuntos do hospital, acompanhando a recuperação do tio e tudo que não os dizia respeito enquanto os gêmeos recebiam, pelo telefone, toda qualidade de notícias.

— Acelerado, todas as unidades em movimento acelerado. Ao hospital de campanha! Se um Valente adoece, cabe aos Valente tratá-lo! — inutilmente o general reformado Patton Valente tentava mais uma vez transformar a desordenada família numa regular companhia militar — Unidades em movimento acelerado! — apesar da energia da voz experimentada no comando, cada qual ao seu modo, os Valente partiam na direção sugerida, os mais jovens correndo até o final da rua e desaparecendo, competindo para quebrar recorde de competição inexistente, alguns trocando socos leves e se empurrando enquanto caminhavam, outros já discutindo a história dos gêmeos Valente, inaugurando divergências que em breve seriam diferentes versões da recente narrativa.

Valentina se misturou ao grupo que trocava socos. Acertou a coxa de um e acelerou os passos, evitando o revide, bem-vinda entre todos até que o pai a conteve pelo ombro: Você vai é tomar um banho, mocinha. Trouxe-a pela mão, ignorando os lábios contrariados, na direção da casa e do irmão, que a aguardava claramente desconfortável entre a mãe e a avó, indiferentes uma a outra conforme atentavam para saber quem diria a primeira palavra.

— Valentina, venha, temos visita — naturalmente a Leão não perderia a oportunidade de ser a primeira a provocar.

Passaram ao interior da casa: retirados os móveis quebrados e sem a horda de parentes, a sala parecia maior. A mãe acomodou-se e os gêmeos puseram-se na direção do banho, descartando as roupas sujas, apanhando uma toalha, não deviam se intrometer nos assuntos dos adultos, porém os movimentos os traíam, os membros em ritmo mecânico conforme se observavam, atores sobre um palco sem naturalidade para representar a si mesmos. A Leão deixaria os pais conversarem em paz? A mãe voltaria a viver ali? Tudo seria como antes ou morariam agora com a mãe e visitariam a casa a cada quinze dias, como na família do menino que seguia Valentina por todas as partes?

— Por mim, preferia que ela não tivesse voltado.

Vestidos e quietos no quarto, recuperados do banho em que sentiram o corpo todo arder, a frase de Valentina não surpreendeu a Fred: era cabeça-dura mesmo. Toda a coragem dela era também teimosia em não se dizer covarde. Fred estava feliz com a mãe ali, encantado desde que reconhecera o rosto da sua dentre todas as mães do mundo, o coração leve por ter todos de volta. Queria era sair do quarto, beber água, pendurar a toalha, comer algo apenas para ver um pedacinho da cena e descobrir o que aconteceria. Queria que tudo imediatamente voltasse ao normal. Não entendia os mistérios relacionados ao desaparecimento do tio Adoniram e toda a saga até o retorno da mãe, mas o que importava é que, a partir dali, estivessem todos juntos.

— E se ela agora tiver um namorado, eu não quero nunca conhecê-lo. Só falta estar namorando algum Mata Ratos!

— Eu não tenho um namorado, Valentina. Quem casa com um Valente, não o troca por um Mata Ratos.

O olhar doce da mãe, o sorriso com que se desculpava pela ausência, compreendendo quaisquer maus sentimentos que pudessem ter em relação a ela. Estava de volta e nunca mais os deixaria. A conversa com o pai fora fácil, com a Leão não conversaria, tudo seria como antes. Amava os filhos, pensara neles todos os dias em que estivera ausente, jurava que não mais os deixaria. Teriam o tempo que precisassem para perdoá-la, a vida toda juntos pela frente.

— Está tudo bem, mãe. Não preciso te perdoar.

— Posso apenas saber aonde você foi?

Talvez fossem novos para entender, mas explicaria. Quando conheceu o pai, imergiu no imenso mundo dos Valente, mas nunca se sentiu em casa. Vivia em meio às histórias da família, dentro da enorme casa, assistia aos filhos descobrindo relíquias dos Valente de tempos antigos, mas quem era ela? Recusava o nome Valente no casamento, era e sempre seria uma Silva dos Santos, estranha aos próprios filhos. Talvez fossem novos para entender, talvez nunca entenderiam porque afinal eram Valente, mas ela precisava saber quem era.

— Eu entendo, mãe.

— E você precisava sumir para descobrir isso? Não podia ir até a biblioteca?

O que precisava descobrir não estava escrito em livro nenhum, Valentina. Que tipo de pessoas foram os pais e avós, o quanto cada um amou e sofreu, quais glórias e vergonhas corriam pelo sangue dos ancestrais? Todos precisam saber quem são e sentia que era a única naquela casa que desconhecia tudo sobre si. Riam diariamente, comparando os Valente aos Silva, aos Santos e aos Silva dos Santos; ela era um deles e não tinha argumentos para responder, exceto que não parecia plausível que só a família Valente fosse preciosa e especial dentre todas as famílias da terra. Um mundo a aguardava: seus descendentes fixados a terra antes da chegada dos romanos, os Silva, o povo da selva, selvagens que bravamente resistiram nos confins do império aos desmandos do poder, dispostos a enfrentarem condições hostis para não se curvarem diante do trono. Já os Santos, de origem nobre, eram originários de data especial, o dia de Todos os Santos: os perseguidos de todos os tempos, desde a primeira dispersão, adotavam o nome antes de embarcarem rumo à nova vida.

— Há nobreza, glória, resistência, honra no nome que carrego, na história de meus pais, avós e bisavós, que é a de vocês também. Eu me arrependi por não ter insistido para que tivessem meu sobrenome, mas saibam que está em seu sangue.

— Preciso atender o telefone.

Com o cenho franzido e punhos cerrados, Valentina deixou o quarto, liberando Fred para que, sem pressa, abraçasse a mãe. As alegrias daquele dia só cresciam, na temperatura do colo familiar, no cheiro único que emanava do interior da pele da sua dentre todas as mães do mundo, no orgulho de perceber a mãe tão bem consigo, relatando o que Fred sempre intuíra, a nobreza e glória de tantas outras famílias além dos Valente. Queria contar o que vivera e descobrira, os limites distendidos da rua, do bairro, da cidade, a verdade sobre Tata Valente e tudo que ainda não sabia, o mistério como tudo acontecera, mas havia tempo, o descanso no colo, a paz, a mania da mãe de limpar-lhe a orelha em meio ao carinho, que normalmente tanto o incomodava, agora um prazer, infinito que lhes fora dado...

O telefone tocava e Valentina atendia incessantemente, comunicando os recados na voz elevada que reverberava pela estrutura, reunindo com seus informes a família no centro da sala: Tio Adoniram estava fora de perigo, em breve deixaria a Unidade de Terapia Intensiva, precisava apenas de soro e repouso. Os Valente estavam todos alojados no hospital e não sairiam enquanto não fosse emitida a alta. O advogado Atticus Valente inconformou-se com o limite de um acompanhante por paciente e requereu internação de metade dos Valente, todos com virose, tendo a outra metade como acompanhante. Os que não guardavam a porta do quarto, intrometiam-se em todos os assuntos do hospital, Penha Valente buscando em casa os maridos violentos para que limpassem o chão do hospital com a língua, Heleno Valente aconselhando os fraturados nas melhores técnicas para se evitar uma contusão no futebol de várzea, descendentes da tia Vatela Valente introduzindo, em segredo, temperos na insípida sopa do hospital.

— Alberto, não seria melhor você ir até lá?

A Leão imediatamente indignou-se com o comentário da mãe:

— Chegou de viagem e trouxe uma mala de opiniões. Filho, o que acha de ir até lá?

Claro que iria, mas antes colocariam as crianças na cama. Como a Leão estava se sentindo mal — a vista nublada, um peso nas pernas — a esposa o acompanharia. Quietos na cama, após o beijo de boa noite da mãe, que Valentina recebeu contrariada, os gêmeos viram o teto do quarto se iluminar e escurecer indicando a partida do carro. Suspiraram: acabava ali.

— Ainda não entendo como aconteceu, Valentina. A segunda pista, A T A T, era a Associação Técnica e a própria escola. Por que tio Adoniram nos mandou na direção de Tata Valente e da antiga tabela nutricional? E, se o tio estava na escola, entre potes de veneno, como o papai pode afirmar com tanta certeza que o diretor Mata Ratos é inocente? O que afinal tio Adoniram fazia ali, por que saíra de casa, aonde fora, como terminara morto na escola em meio à imundície, como podia estar morto e ante a explosão dos canos de água, justamente como no primeiro enigma, retornar? O que foi tudo aquilo, Valentina?

A irmã há muito roncava, indiferente a todas aquelas perguntas. Se o tio estava salvo e eles reconhecidos como valentes entre os Valente, que diferença fazia? Bem, precisava saber e um dia contar a todos a verdade sobre Tata Valente, quem sabe em breve o tio estaria de volta ao quarto, escrevendo nas paredes, disposto a dialogar com Fred da forma que só os dois sabiam fazer... Ali poderia entender tudo...

Foram sete os dias necessários para que o tio Adoniram recebesse alta do Hospital Municipal, e nunca se soube se poderia ter sido liberado antes, porém recusou diferente quantidade de dias internado, ou se eram necessários mais alguns dias de tratamento, porém o corpo médico não mais pôde suportar a presença dos Valente. O pai recuperava peso e sono apesar da necessidade constante de conter os ânimos dos Valente, Valentina paulatinamente aceitava o retorno da mãe, que se esforçava nos cuidados e atenção aos filhos, contando sempre que podia alguma história interessante dos Silva dos Santos. Fred se dividia entre curtir a mãe e repassar os fatos para entender como tudo havia acontecido, a vida em suspenso enquanto a rotina não era retomada. Acreditava mesmo que todos os problemas estavam no passado, até que o pai encontrou a convocação formal para que comparecessem à Delegacia de Ensino, e o alertou: precisaria explicar tudo, oficialmente, diante do delegado e do diretor Mata Ratos, dali a poucos dias...

Um grande almoço foi organizado para celebrar o retorno ao lar do tio Adoniram, a Leão caprichando pois sabia que ali também se despedia daquela multidão de parentes. Dedicou-se às páginas desconhecidas do livro de receitas em latim da tia Vatela Valente, servindo um suflê de almôndegas crocante nas bordas e congelado no centro.

— Sempre um prazer os Valente reunidos, especialmente porque cabemos em uma sala. Os Silva, os Santos e os Silva dos Santos são tão comuns que nem num estádio caberiam...

A mãe limpou a boca no guardanapo de pano antes de responder:

— Os Valente são poucos e é por isso que entre eles a senhora é um leão. As mulheres Silva dos Santos são tantas e tão firmes que entre elas seria no máximo um gato do mato...

Todos se divertiam enquanto na ponta da mesa, quieto com a caderneta, tio Adoniram cutucava com os talheres as camadas do suflê, anotando as quantidades de alimentos enquanto os demais já desfrutavam da sobremesa, que acabou antes que a mãe se servisse.

Fred não conseguiu aguardar o momento em que estaria sozinho com o tio Adoniram. Precisava saber, precisava entender, compreendendo pelo tormento o que era o espírito científico a que o tio tantas vezes se referia.

—Tio... Tio... Eu preciso entender... O que você quis dizer com o enigma dos gêmeos, aquele que a solução era Tata Valente? Por que você me mandou até o asilo e de lá para a Associação Técnica? Como pôde deixar uma pista antiga e outra recente, como sabia que te encontraríamos no fim do túnel, eu sujo e Valentina limpa?

O tio manteve a face impassível, mastigando e deglutindo concentrado, cumprindo os longos caminhos de seu raciocínio antes de responder ao sobrinho. Bebeu um gole d'água, fez um último rascunho na caderneta para então voltar-se:

— Deixei um bilhete atrás do espelho do banheiro para não preocupar ninguém. Ia pregar na frente, mas não tinha fita adesiva. Então prendi atrás e deixei o enigma avisando que estava lá. Vocês não encontraram?

Os lábios de Frederico Valente se separaram adormecidos, a face completamente embasbacada. Ergueu-se fixando, incrédulo, o tio, e de súbito afastou-se, os passos acelerados pela escada, estupefato. No banheiro de cima, aquele que somente o tio Adoniram utilizava, puxou o espelho pela base e viu um pequeno pedaço de papel flutuar no ar até cair no chão. A face voltada para cima, o registro em letra de forma: "Fui encontrar meu grande amigo astrônomo. Vamos ver um cometa. Volto logo, no próximo dia primo".

Capítulo
XXI

Na manhã daquele dia, Fred despertou com o discreto toque da mãe contra a face, o dorso dos dedos acariciando-o delicadamente no rosto. Não era um dia como qualquer outro: aguardavam-no roupas limpas, bem passadas e um pote de gel novo com o qual deveria domar os cabelos enquanto a irmã dormia. A diminuta sala no interior da grande casa da família Valente fora reativada, casa dentro da casa que graças à mãe apresentava o café da manhã reforçado: leite, ovos, torradas e geleias. Naquele dia, Frederico Alberto Valente e responsável legal deveriam comparecer à Delegacia de Ensino.

O pai estava tranquilo, lendo o jornal enquanto degustava uma xícara de café, alternando o uso da destra entre a bebida quente e o contemplativo toque no bigode com três dedos. A casa estava silenciosa, sem reverberar pela estrutura as disputas e discussões dos Valente, que partiram tão inconstantes quanto surgiram: Valente resgatado, histórias narradas, um elogio ao grande almoço e até breve. Visitariam Tata Valente antes do definitivo retorno? Essas questões ainda intrigavam a Fred, assim como novas, como o renovado mau humor da avó após a partida dos parentes. Se as visitas a importunavam, como podia se incomodar com o adeus?

— O aniversário da sua avó é em poucos dias, Frederico. Ela esperava que, já que aqui estava, a família ficasse mais alguns dias para comemorar...

Dentro do pequeno carro de rodas brancas e motor traseiro, emprestado pelo avô após severas recomendações, conversavam despreocupados. Fred estava satisfeito por ver o pai recuperado, retomando a antiga forma em dias leves e xícaras de café forte vagarosamente degustadas. Pensar que há poucas semanas queria ser tudo, exceto um Valente, e agora era justamente a presença da família que tornava fácil aquele dia...

—Vão me prender?

Questionou o pai mais curioso do que preocupado, como se não se tratasse do próprio destino a aproximar-se conforme venciam as curvas em direção ao centro da cidade.

— Não, filho. Depende muito do diretor Mata Ratos. Pode terminar com uma simples conversa ou num processo penal contra seus responsáveis, no caso, eu e sua mãe. Vamos falar a verdade e ver o que acontece...

Suspirou... Já contara tudo para o pai, na hora estava desolado e certo não apenas da culpa do diretor, mas também da intenção de matá-lo. Como, contudo, explicar o mesmo para um delegado diante do diretor Mata Ratos?

—Apenas explique, Fred. Confie na força da verdade. Eu estarei ao seu lado.

Próximos ao prédio da delegacia, revivia todas as sensações recentes. Como o pai podia ter tanta certeza da inocência do diretor Mata Ratos? Havia a invenção, a gentileza forçada, o interesse no quarto do tio, o desejo de se aproximar da família, o tratado de administração de venenos em mamíferos de grande porte, e, finalmente, tio Adoniram inconsciente no interior da escola! Como era possível que o Mata Ratos simplesmente fosse inocente?

— Fred, confie em mim. É tudo circunstancial. Seu tio foi encontrar o amigo astrônomo para assistirem juntos à passagem de um cometa primo, essas coisas do Adoniram. Parece que estava na escola escondido, aguardando o número certo de dias para voltar para casa, mas os vapores de veneno o intoxicaram. Só isso. O diretor guarda os venenos na parte velha da escola e é um bom amigo da família. Essa disputa entre os Valente e os Mata Ratos são invenções do seu avô, do tempo em que a avó preferiu casar com ele em vez de com o industrial Mata Ratos. Confie em mim...

Confiaria. Ainda não entendera toda a história, mas confiava no pai. Existiam cometas primos então? Na sala de audiências, lá estavam o diretor Mata Ratos, ainda mais feio com a faixa branca do curativo enroscada na cabeça, e o delegado, um jovem funcionário público com a testa enorme, o osso saltado o bastante para fazer sombra sobre os olhos. Fred sorriu: imaginara um daqueles juízes de toga preta e peruca branca cheia de gominhos...

— Frederico Alberto Valente, pesa contra o senhor acusação de agressão contra o diretor da unidade de ensino, arremessando objeto pesado diretamente contra o crânio com deliberada intenção de produzir dano — impassível, indiferente à emoção da narrativa — Você nega a acusação?

Como poderia negar? Respondeu convicto, sentindo na palavra forte o resultado dos antigos exercícios de valentia.

— Pode nos esclarecer os fatos?

Dissecou com atenção o tema, a voz firme e pausada, não podia envergonhar o pai. O desaparecimento do tio Adoniram, a pista matemática indicando Tata Valente, a dieta indicando Associação Técnica de Automação, ou seja, a parte velha da escola. A relação do diretor com a família e o tio desde a invenção vendida por uma bagatela, o homem perfumado e elegante tal qual o diretor que visitara o asilo, o tratado de administração de venenos em mamíferos de grande porte, o tio assassinado. Ante tudo isso, quando o diretor se aproximou, Fred não pôde deixar de pensar que vinha para matá-lo e o atacou.

O delegado manteve-se indiferente, simplesmente cumprindo rotina burocrática, interrogando o pai sobre a rotina do filho: Se testemunhava cenas de violência, se via muita televisão, se era imaginativo, hiperativo ou tinha déficit de atenção. Quanta bobagem...

— Consta acusação de que, na mesma data, o menor Frederico Alberto Valente atacou colega de sala. Você nega a acusação?

Isso também?

— O colega de sala agredido tinha, em sua opinião, alguma relação com o desaparecimento do seu tio?

Como poderia explicar?

— Portanto são duas agressões, independentes, por motivos distintos, no mesmo dia. O senhor responsável confirma os fatos?

Deveria pedir para explicar, narrando toda a sequência dos fatos ou se contentar em responder o que fora perguntado? Podia dizer "bunda" na frente do delegado ou era melhor trocar por "nádegas"? Um grande silêncio se pôs enquanto o delegado fazia anotações, e Fred sentiu que estava perdido. Como justificar as duas agressões no mesmo dia, por motivos diferentes, de forma razoável? Era isso? Os pais seriam processados por culpa dele? A tragédia se anunciava, não havia argumentos razoáveis para duas agressões, e o delegado nem quisera saber nada sobre o caso que envolvia o pior dos garotos. Não seria Fred, na verdade, o pior dos garotos?

Cortando-lhe os pensamentos, o delegado elevou o tom de voz:

— Considerando as duas agressões, deliberadas, por motivos distintos, e na mesma data...

— Um instante, nobilíssimo delegado.

O diretor Mata Ratos ergueu o braço e, com a palma da mão exposta, interrompeu a leitura.

Acrescentaria alguma acusação? Pediria para que não pudesse se aproximar a menos de cem metros do perímetro da escola? Pediria direito de retaliação, arremessando ele um pote de veneno contra a cabeça de Fred? Enxugou, teatral, a boca mole com um lenço de pano antes de iniciar:

— Nobilíssimo delegado, é preciso que, antes de proferir a sentença, vossa Excelência conheça plenamente a natureza dos fatos. Aqui, nesta corte de ensino, neste momento, encontram-se não apenas presentes um diretor, um aluno e seu responsável: diante de vós está algo muito maior, duas famílias unidas há tantas gerações quanto a história da humanidade contém.

Os rios antigos, os vales férteis, palco onde os Valente defendiam as terras que os Mata Ratos cultivavam. Os grandes impérios, erguidos em pedra e força, opressão a qual os Valente resistiam com apoio dos Mata Ratos. Os mares tenebrosos, próximos ao abismo do mundo, repletos de monstros marinhos que os Valente desbravavam nas embarcações dos Mata Ratos. O novo mundo, encontro de povos, os Valente aliados aos nativos em busca de uma briga justa com as armas vendidas pelos Mata Ratos.

— Peço que o nobilíssimo delegado considere, na decisão, a antiga amizade entre essas duas grandes famílias, ante a qual pequenos incidentes devem ser esquecidos.

O delegado permaneceu em silêncio, uma gota de suor escorrendo pelo osso da enorme fronte, paralisado na mesma posição em que estava quando a leitura foi interrompida. Fred não podia deixar de fitá-lo, aflito ante as palavras não ditas e a gota de suor que, de repente, enganchara na enorme formação óssea. Será que mudaria o veredicto graças às histórias do diretor Mata Ratos? Ou agravaria a pena, irritado por ter sido interrompido? De repente, a gota desprendeu-se, escorreu livre em direção às sobrancelhas e o delegado elevou a voz:

— Sem mais interrupções, e considerando o desagravo da vítima, profiro aqui minha decisão: o menor Frederico Alberto Valente, como medida socioeducativa, deverá, pelos próximos seis meses, trabalhar como voluntário no aviário municipal. Caso encerrado.

Aviário? Ergueram-se, trocaram apertos de mão. Caminhando em direção ao carro, o pai agradecia ao diretor Mata Ratos, que abanava as mãos dispensando os elogios: Um incidente menor, indiferente, importava a amizade entre as famílias. Bagunçou os cabelos de Fred, perguntou sobre a mãe e o tio Adoniram, lembrou que aguardava os gêmeos já no dia seguinte para retornarem às aulas.

— Frederico, você não esqueceu de dizer alguma coisa para o diretor Mata Ratos?

— Obrigado, diretor Mata Ratos. E me desculpe — olhando-o de frente, pela primeira vez mirando-o nos olhos, viu que o pai estava certo: era um bom amigo da família, o resto uma bobagem inventada pelos avós.

Na tarde daquele dia, Fred e o pai chegaram à casa pouco após o almoço. Antes de cruzar a porta, Fred reparou nos sapatos ultramacios equipados com três solas de silicone, que um dia conquistariam os pés de todos os trabalhadores do mundo, deixados sob a caixa de correio, sinal de que o tio Adoniram estava em casa. A Leão ouvia seu programa de rádio favorito, o velho Valente movimentava o bilhar da esquina, Valentina estava entre os meninos broncos e brutos da rua de cima. A mãe preparou um lanche para ambos, que Fred preferiu comer no quarto do tio.

Subiu, sem pressa, as escadas, saboreando a certeza de que, ao final do caminho, encontraria o tio em cálculos, equações escritas nas paredes, livros com número primo de capítulos e diálogos desconectados. Que prazer a certeza do encontro... Naquele dia, registrava órbitas de cometas e planetas, buscando a solução elegante que simplificaria o universo, ainda sob efeito do encontro com o amigo astrônomo.

— Tio, existem cometas primos? Quando será o próximo encontro?

Fred mastigou o lanche vorazmente, ciente de que talvez terminasse a refeição antes do tio processar a pergunta e responder. Que prazer poder sentar naquele quarto, recostar a cabeça na parede onde localizara o enigma e, sem pressa alguma, aguardar a lacuna mental na qual, entre cálculos e raciocínios, o tio responderia.

— Já aconteceu e está acontecendo, Fred. Se o referencial fosse o encontro, não haveria tempo, pois a cada instante um infinito de encontros ocorre, encontros infinitos num universo infinito, o que seria um infinito elevado a infinito, percebe?

Fred sorriu, satisfeito. Se não respondera sobre os cometas primos, é porque não existiam, os velhos códigos entre tio e sobrinho. Que prazer o tio ali, simplesmente ali... Contudo, ainda o atormentavam os mistérios das últimas semanas, as dúvidas perturbando-o... E se perguntasse de forma diferente? Será que o tio responderia linearmente a uma pergunta desconexa? Voltou o rosto para a parede e encontrou o enigma:

— Os gêmeos atravessam, pé ante pé, um túnel imundo, um termina sujo, o outro limpo. "O" é quanto mesmo? A, B, C, D...

— Quinze, Frederico, "O" é quinze.

Interrompido a sustentar o quarto dedo, Fred sorriu: era isso! A fobia do tio Adoniram! O caminho para ter respostas diretas era a fobia do tio Adoniram contra quem contava em voz alta usando os dedos!

— Vou calcular até o fim para entender, tio. Preciso fazer a conta. "O" então é quinze. "S" é um, dois, três, quatro...

— Dezenove, Frederico, e a próxima palavra dá sete, cinco, treze, cinco, quinze, dezenove, portanto seis primos até agora. Teremos vinte na frase, e a vigésima letra do alfabeto é o T. Agora chega.

Sim, esse o caminho... Esperava que o tio não ficasse muito bravo, pois precisava entender. Contaria o milhar em voz alta usando os dedos para obter as respostas que procurava...

— Mas eu não entendo... Preciso entender porque as frases formam TATA se você só quis dizer que o bilhete estava atrás do espelho. Atravessam pé ante pé. "A" é um, "T" é vinte, "R" é...

— Dezoito, Frederico! Cada linha deve ser escritas com vinte números primos, ou com um único, T e A ou A e T. Aprendi a escrever calculando as letras, ouvindo as histórias de Tata Valente, aí acabou embolando... Prefiro escrever assim...

— Mas e o espelho? "R" é dezoito, "A" é um...

— Chega de contar em voz alta! Os gêmeos se olham frente a frente. Como são idênticos e ambos passaram pelo túnel, o sujo vê o irmão e acha que está limpo, o limpo vê o irmão e acha que está sujo, por isso o que está limpo vai lavar o rosto e o sujo fica onde está. Ou seja, um espelho. Ou um não-espelho, ou um falso espelho, um espelho com um bilhete...

Um não-espelho? Depois pensaria com calma sobre tudo, mas não podia perder a oportunidade de descobrir tudo.

— Mas e a dieta de Tata Valente que destacava A, T, A, T? Tenho anotado e podemos conferir tudo...

— Não, Frederico, nada disso. Pare de contar! Quando vocês nasceram, Tata Valente morava aqui. Mas ele e a mamãe gritavam um com o outro o tempo todo. Era enlouquecedor. Por isso inventei e vendi o descascador de bananas. O dinheiro serviu para manter Tata Valente onde queria e a mamãe aqui, ambos sem brigar. Pedi ainda que o alimentassem com quantidades de alimentos em semiprimos, separados por números naturais para manter o padrão A, T, A, T, bases ribonucleicas que o deixariam mais saudável. A é Adenina, T é Timina, base da vida e também das histórias da família, como Tata Valente, semiprimo do papai, um primo de segundo grau.

Sabia que era o verdadeiro Tata Valente, um velho mentiroso, e não algum impostor... O tio já deixara o lápis no bolso, abandonara as anotações e mirava Fred claramente incomodado, ansioso para que o diálogo terminasse:

— E o túnel? Como você poderia saber que estaria lá, nos aguardando conforme o primeiro enigma, e que voltaria à vida após a última frase?

O tio sorriu e relaxou, talvez lembrando que a coragem dos sobrinhos o salvara:

— Eu não sabia, Fred. Só estava lá esperando o dia certo de voltar para casa, o dia primo certo. Achei que tinham encontrado o bilhete, não sabia que estavam preocupados. Avisei também à mamãe que era o dia certo, a combinação correta de dia do ano, semana e mês primos, e encontraria meu amigo astrônomo para caçarmos cometas, mas ela gritou de volta que eu não tinha nenhum primo astrônomo... Então tive que sair de casa porque eram sete e dezessete...

— Então o túnel é uma coincidência?

— Não — subitamente grave, tio Adoniram respondeu pausadamente — Coincidências não existem. Trata-se de uma conexão matemática ainda desconhecida entre o enigma e o destino.

Quietos novamente, Fred recostou a cabeça na parede, tentando racionalizar tudo enquanto o tio tocava em três dos cantos do quarto para retomar o trabalho. Então... Então o tio sempre escrevia frases daquele jeito, com quantidades de primos que correspondiam a T ou A, apenas porque se embolara aprendendo a escrever, contando as letras enquanto ouvia sobre as histórias de Tata Valente, o que levara o primeiro enigma à soma T A T A... O enigma significava que havia um bilhete atrás do espelho, nada mais, porque os gêmeos se olham de frente, são idênticos, e o limpo vê o sujo e acha que está sujo também... O segundo enigma era apenas uma referência aos compostos químicos, sem relação com a Associação Técnica... E Tata Valente não era um impostor, claro que não, mas um pobre idoso abandonado com sua mania de grandeza, um mentiroso que vivia sozinho pois ele e a Leão não se suportavam... E o túnel, uma coincidência... Bem, era isso... Precisava contar para Valentina tudo aquilo, mesmo que não a interessasse... Que história! Precisava contar para todo mundo!

— Tio, um dia quero escrever essa história, contar como tudo aconteceu...

Tio Adoniram prosseguiu com o lápis contra a parede, traçando elipses e curvas, registrando ângulos, senos e cossenos, profundamente concentrado nas possibilidades numéricas do universo cartesiano, embora houvesse escutado o sobrinho. Eram o tempo...

— Tantos escrevendo, e não há tempo para se ler uma fração do que se escreve. Se um homem decidisse ler tudo que foi escrito num único dia, precisaria da vida de todos os homens nascidos neste dia... Por isso só leio livros que têm a quantidade correta de capítulos... É impossível escrever essa história. Você teria que dizer que tem treze anos e, na verdade, tem doze... Seu nome também não ajuda... Eu disse para seus pais que a soma estava errada. Devia se chamar Evaristo...

Evaristo?

— Já sua irmã tinha um nome ótimo, três letras no primeiro nome somando dezesseis, um mais seis são sete, um lindo primo, seis letras no segundo, a primeira um oito, a segunda cinco, a soma quarenta e cinco, a soma de ambos sessenta e um, um mais seis, sete, novamente este lindo primo. E dois nomes é o primo dois, o único primo par. Então inventou de mudar de nome... Valentina é um nome terrível, devem ser os hormônios, é o que dizem dessa idade... O que posso dizer? Nessa época inventei de só gostar dos múltiplos de nove... Hormônios...

Fred sorriu... Que prazer simplesmente estar...

Capítulo XXII

Sem dúvida alguma, não fora aquele o pior dentre todos os dias da vida de Frederico Alberto Valente. Ladeado por Valentina e pelo garoto repetente que comia cracas de nariz, passava com força o rastelo contra o chão de terra de uma das enormes gaiolas do aviário municipal, a irmã e o amigo protegendo-o contra improvável ataque de alguma das aves que, em gritos, observavam-no do alto. Conversavam animados, rindo das diversas reações ante a ausência e retorno dos gêmeos Valente à escola: os boatos crescentes de que Fred estava detido, Valentina conseguira em segredo tirá-lo do país, seriam ambos apanhados e condenados, nunca mais poderiam estudar em escola alguma, o menino que seguia Valentina por todas as partes insistindo que mal a conhecia, até o dia em que simplesmente entraram juntos pela porta da frente e todos se calaram. Eram bem-vindos! Estavam preocupados, isso sim! Que bom que nada de ruim acontecera! Alívio! A escola não era a mesma sem eles e Fred estava convidado a assumir o cargo de presidente na sociedade secreta, o pior dos garotos expulso desde que a mãe o matriculara em nova escola. Seria uma honra, insistiam que aceitasse...

— Aquelas matracas... Há tempos reconheço de longe uma matraca! Fez muito bem em dispensá-los, Fred!

Com as mãos doloridas pelo uso do rastelo, sorria escutando a conversa da irmã e do amigo, divertindo-se tanto que se esquecia as aves a espreitá-lo do poleiro mais alto, emitindo gritos de alerta e talvez mirando para acertá-lo com um jato de cocô. Com os amigos e a família próximos, tudo era mais fácil: no dia em que voltou à escola, e obviamente recusou qualquer cargo naquela sociedade besta, afirmou que já compunha outra sociedade secreta para a qual nenhum daqueles garotos jamais seria convidado. Gostou de ver como agora o percebiam diferente, calando-se quando erguia a voz, dando-lhe licença quando os passos se cruzavam, abaixando os olhos num eventual fitar: a irmã sempre estivera certa, era um Valente, sempre fora, e a coragem que dele emanava nas menores atitudes bastava para manter aqueles fedelhos no devido lugar. Tal qual sabiam o amigo repetente que comia cracas de nariz e todos os Valente do mundo, havia muito mais no mundo para ele.

— E uma das meninas se ofereceu para me maquiar! É uma perua e quer que eu seja perua igual a ela!

— Você devia maquiá-la! Pintar o nariz de vermelho, as sobrancelhas enormes e coloridas...

— Sim! De palhaça!

No dia em que, acompanhado pelo pai, apresentara-se no aviário municipal para cumprir a sentença, foi tão bem recebido pelo zelador que o receio com o ambiente rapidamente se dispersou. Era um antigo companheiro de farra do velho Valente, parceiro dos bailes em que não eram convidados, dos carros roubados para uma noite de diversão e coletor das apostas no bilhar invariavelmente ganhas pelo avô. Ensinou o nome de cada uma das aves para Fred, detalhando também as histórias e personalidades únicas: A altiva cuidava de todos, era honrada e honesta, a companheira fugira e voltara, precisava ver o mundo, aquela é muito brava, cuidado com ela, a de penas brancas é esperta, leva a comida de todos...

— É preciso olhá-las nos olhos, Frederico. Têm a alma como a nossa. Não se mente para uma ave...

Naquele galho, o grande pássaro que vira a guerra, outro tão forte quanto um falcão, o de penas estranhas sabia contar, os pequenos são gêmeos recém-chegados... Em pouco tempo, Fred passou a cumprimentá-las, sentiu-se reconhecido, mas ainda assim apreciava a companhia da irmã e do amigo, supostamente a protegê-lo. Descobriu que os pássaros eram parentes dos dinossauros, que o beija-flor podia voar de cabeça para baixo, porém nunca deixava de se surpreender com o quão alto podiam gritar e com a quantidade de cocô que eram capazes de produzir: segundo o tio Adoniram, era possível iluminar uma fazenda com todo aquele esterco. Como seria possível?

— E ela?

— Ela me empurrou e se jogou na cadeira, terminando com a bunda colada!

Sofrera ansioso ante a sentença de trabalho no aviário municipal, o que se mostrara uma bobagem. Diariamente cumprimentava os pássaros, distribuía os alimentos pelas gaiolas de acordo com as preferências de cada um, limpava com o rastelo a montanha de cocô que haviam produzido nas últimas quarenta e sete horas, sempre na companhia da irmã e do amigo, que se perdiam em conversas divertidas. Às vezes, falavam sobre a família, trocando curiosidades, o telefone que misteriosamente parara de tocar desde a partida dos Valente, os estranhos hábitos da família do amigo, que ergueram a maior e mais bonita casa da rua, mas dormiam na tenda no quintal dos fundos, pois acreditavam que as portas e paredes impediam a alma de viajar durante o sono...

Ao final da tarde de trabalho, Fred assinava o livro de ponto, apoiava o rastelo na parede certa e caminhavam de volta, sem pressa, repetindo em novas gargalhadas as melhores partes da conversa. Tudo estava bem, e desde que não falassem do superado medo de pombas de Fred, da prolongada ausência da mãe ou dos motivos pelos quais o garoto repetente não queria participar da olimpíada de matemática, jamais brigavam ou se irritavam: era possível que acreditassem que a vida seguiria naquele ritmo, sem novos conflitos, ausências e temores para sempre e um dia mais.

Estavam assim despreocupados, debochando uns dos outros pelo cheiro de periquito com que chegariam a casa, quando a súbita chegada da viatura os assombrou. Os pneus travaram com força, os vidros se abriram revelando o rosto do pai que, não os encontrando no aviário, percorria os caminhos prováveis até estarem frente a frente.

— Entrem no carro.

Num instante, os três garotos no banco de trás da viatura, que partiu na direção do fim da rua.

O que acontecera? Novamente o tio desaparecera, a mãe partira ou algo mais grave, um acidente com algum dos avós? Sabiam que não deveriam perguntar enquanto o pai dirigia, reconheceram, na terceira curva, que iam em direção à grande casa da família Valente, os dedos de Valentina e Fred travados contra o braço um do outro, o garoto repetente cutucando fundo as narinas enquanto observava o velocímetro e calculava sem perceber a velocidade média do trajeto. Para o pai abandonar o trabalho e buscá-los no aviário municipal, algo muito sério se passava...

Na entrada da mais conhecida dentre todas as ruas, parou o carro e desceu, impossível avançar mais um único metro. Desde a esquina, o caminho estava tomado por uma multidão, personagens que Frederico e Valentina, conduzidos pelo pai, reconheciam conforme avançavam na direção da enorme casa: os corretores que outrora propuseram comprar a casa da família Valente, os vizinhos do sítio que os avós visitavam quando as estradas se punham intransponíveis, os comerciantes que ofereciam um refrigerante grátis para os gêmeos, as professoras e os colegas da velha escola ao lado do diretor Mata Ratos — que saudades daquelas professoras! Seguiam guiados pelo pai, ainda aflitos: mais próximos da casa, todos os Valente do mundo, todos novamente ali diante deles! Patton Valente, Atticus Valente, Penha Valente, Heleno Valente! Carecas descendentes diretos de Sansão Valente, os parentes descalços de Bikila Valente e o rechonchudo grupo que compartilhava o sangue com Jonas Valente, o homem que comeu a baleia. Por que todos ali, o que acontecia, por que sorriam? Apenas uma celebração? Será que só os gêmeos e o amigo repetente, que naquele momento comia cracas de nariz, não sabiam o que estava acontecendo?

Quase à porta, Fred reconheceu Tata Valente, amparado em uma cadeira de rodas, um cobertor sobre as pernas, os olhos ágeis e curiosos, a boca dobrada sobre os lábios num formato estranho, a mão sobre o colo com todos os dez dedos nela dispostos, o que imediatamente remeteu Fred ao misto de sensações que vivera quando desmascarara aquele pobre velho mitômano.

— Tata Valente, Valentina.

— E quem é o senhor ao lado dele?

Cochichavam, ainda guiados pelo pai, observando o desconhecido. A pele curtida pelo sol, os braços grandes e fortes, a postura ereta e ombros firmes apesar da idade, o olhar em calma e força de quem tudo vira e enfrentara; quem aquele dentre todos os Valente do mundo?

— As mãos, Fred!

Juntos desceram os olhos até as enormes mãos marcadas, e não precisaram contar para perceber que faltavam três dedos. Quem era aquele, dentre todos os Valente do mundo?!

— É Tata Valente, Fred. O outro é o impostor...

O pai parou ao notar que se detinham a observar, os passos difíceis. Já estavam perto o bastante da casa, de qualquer forma. O que era tudo aquilo? Por que toda aquela gente ali? O que estava acontecendo? Eram realmente Tata Valente e um impostor então?

— Valentina, Frederico, conheçam Tata Valente, o mais valente dentre os Valente.

Para qual dos dois estava apontando?

— São gêmeos, como vocês, porém decidiram partilhar uma só vida. O senhor que Fred já conhece é a voz de Tata Valente, a narrar os feitos da família, a guardar e partilhar as mais preciosas histórias dentre as preciosas histórias da família Valente. E o que agora conhecem é o coração de Tata Valente, a viver as histórias que todos ouvimos desde os primeiros dias. Tata Valente, conheça Frederico e Valentina Valente, meus filhos. É uma honra.

Ambos os senhores esticaram as mãos, a voz e o coração de Tata Valente diante deles, gêmeos a partilhar uma vida magnífica, o toque acalorado do mais valente dentre os Valente, dois homens que eram um, um homem que era a valentia de todos os homens de todos os tempos. A voz:

— A honra é nossa, Alberto Valente. Frederico e Valentina quebraram, com sua valentia, a maldição que nos assombrava desde a covardia de Aníbal Valente. A história desses irmãos será repetida num infinito primo de versões para todos os Valente de todos os tempos.

O coração de Tata Valente moveu o queixo duro para baixo, fitando-os com o respeito dos semelhantes. Frederico e Valentina eram valentes entre os Valente e, incapazes de processar a dimensão das emoções que sentiam, apenas se mantinham a fitar, maravilhados com a presença de Tata Valente, gêmeos como eles, honrados pelas palavras, irmanados no coração, confusos com o motivo da multidão ali posicionada. Era uma recepção para Tata Valente? O aniversário da Leão? Em meio a tantos rostos demoraram a notar o tio Adoniram, calçando os sapatos especiais com solado triplo, posicionado logo atrás deles, aproveitando para explicar:

—TATA e A T A T, Frederico. São dois, são um, são um espelho...

Era o que eram, todos que conheciam, um fenômeno maravilhoso, porém ainda se perguntavam o que todos, de súbito, ali faziam. Num instante, o silêncio. Procuraram a direção para onde todos olhavam, notando então o avô diante da grande porta, envergando terno novo e colete, tão perfumado que até os pássaros do aviário podiam percebê-lo, o cabelo cortado e besuntado, um cravo na lapela, o buquê de flores na mão. Fez sinal para que mantivessem silêncio, e pareceu que o mundo todo se calou, os olhos fixos na porta. Estava claro agora: era o aniversário da Leão, o velho armara tudo, avisara perfumado e elegante Tata Valente no asilo, convidara todos os Valente do mundo a simular a partida, aproveitara-se das noites em busca do tio, nas quais supostamente caía na farra, para organizar a imensa surpresa, certo de que o tio Adoniram voltaria e seria óbvio celebrar o aniversário, confiante no trabalho de um filho e na lógica do outro.

Novamente pediu silêncio e todos os corações aceleraram: seria agora, o aniversário da Leão, o momento mais aguardado, todos prontos, os mais valentes dentre os Valente incapazes de conter a ansiedade. Liberando o cotovelo num movimento rápido, ergueu o braço e bateu três vezes a aldrava em forma de punho cerrado, o silêncio posto, outros dois toques e afastou-se da porta.

Ouviram a Leão reclamar enquanto se movimentava pelos corredores, a voz reverberando até o lado de fora, quem a interrompia, não sabiam que era a hora de seu programa de rádio preferido? Se fosse um vendedor seria estripado, se fosse um cobrador seria enforcado...

A porta aberta foi o código para o grito uníssono — Feliz aniversário! — todos juntos em grito mal ensaiado — Feliz aniversário! — e fogos de artifício coroaram os céus enquanto a centena de vozes desafinadas entoou a canção de parabéns, batendo palmas fora de ritmo, celebrando a vida da Leão e o prazer que era tê-la em suas vidas. O velho Valente fez uma reverência, beijou-lhe a mão e entregou-lhe o ramalhete de flores recém-colhidas, suas preferidas, meu amor. Indicou, com um gesto, a multidão, cochichou algo no ouvido da esposa, uma vida juntos, era um homem realizado desde que ela o acertara com a bolsa cheia de pedras, se tivesse outra vida para partilhar, não hesitaria em dividi-la com ela. Era alegremente dela cativo desde que a mirara pela primeira vez.

— Feliz aniversário, passarinha.

Diante da multidão, a Leão em silêncio, estupefata com a imensa demonstração de afeto, sem saber se se concentrava nos fogos de artifício, nos aplausos, nas felicitações em voz elevada, nos tantos rostos conhecidos, nos filhos, nos netos... Todos que conhecia ali, toda a cidade num carinho transbordante, todos de repente concentrados nos cantos dos lábios a se moverem para cima irreprimíveis, a felicidade evidente, a demonstração maravilhosa, seria ali que a Leão sorriria, estaria ali, finalmente, ante o enorme gesto, o sorriso da Leão?

— Obrigada.

Voltou-se, entrou na casa, bateu a porta com força, deixando estarrecida a centena de rostos que a contemplavam, entre indignados e divertidos. Sozinha, apoiada na porta, o coração a martelar-lhe o peito, abraçava o ramalhete de flores, uma tímida lágrima a escorrer-lhe pelo rosto. E então sorriu, e sorriu, e sorriu, e sorriu, e sorriu...

Agradecimentos

Esta edição não seria possível sem a garra do Vini, a quem agradeço.

Da mesma forma, a amizade e companhia da Lígia e do Felipe foram indispensáveis nesta aventura.

Agradeço à minha branquinha pela companhia em toda a jornada que envolveu este livro. Em cada página há uma longa conversa, uma leitura carinhosa, um infinito amor.

À Karina, pela imediata dedicação a um projeto sobretudo estranho. À Bia, ao Breno, ao Raoni: gente talentosa.

Aos meus pais, cujos olhos por certo doeram ao muitas vezes lerem esta história.

A inspiração fornecida pelos meus pequenos, com suas maluquices, foi igualmente indispensável.

Exemplares impressos em offset pela Gráfica Bartira sobre papel Cartão LD 250 g/m² e Pólen Soft LD 80 g/m² da Suzano Papel e Celulose para Editora Rua do Sabão.